Yo quise ser buena

Alejandra Urrutia

PUKIYARI EDITORES
www.pukiyari.com

A mi Norte, cuando me confundo.

A mi Sur, cuando me entristezco.

A mi Este, cuando me pierdo.

A mi Oeste, cuando me paralizo.

Todo esto no tendría sentido,

Amo recordarte con todo tu poder y fuerza,

permitiéndome en este instante reconocer mis

patrones enfermos y sanarlos

con tu guía y enseñanza, Cariño.

Índice

Prefacio

A lo largo de mi vida he escrito en diferentes momentos, algunos reflexivos, otros más como cartas o experiencias donde plasmaba a través de la escritura algún evento personal, quizá un desvelado pensamiento o simplemente el bendito don me enamoraba y extraía de mi corazón ese exacto placer para deslizarme en sus brazos y como enamorada empedernida romántica y apasionada, jamás permití que se fuera sin entregarle mi alma completa en líneas que poco a poco llenaban aquellos papeles en blanco con tanta tinta y con tanto que decir.

Así fue como un día, escribiendo frente a una ventana que contenía gran parte de mis secretos y mis sentimientos, los pensamientos se empezaron a alinear de manera maravillosa y fueron recordando e imaginando acontecimientos que serían el sello especial de la morada de cada personaje en este libro.

Cada nombre contiene un episodio de la historia intensa, dominante, avasalladora de las protagonistas, que está impregnado de fuerza y autonomía, porque cada narración permitió que el personaje entregara una partecita de su mente y corazón.

Los nombres llegaron así como las historias, tomaron su turno y esperaron pacientes para que les adicionara un cuerpo literario, un exquisito escenario y una inolvidable leyenda, cada nombre expresa lo que le acontece, lo que inspira: lo que Es.

Me gusta saber que a través de estos fragmentos protagónicos se encuentra un capullo al descubierto de sentimientos que no han fluido del todo, sentimientos que se esconden detrás de cada oración y verbo. Solo soy lo que he venido a hacer, solo fluyo cuando reconozco la verdad en mí, solo puedo proyectar lo que hay en mi alma, solo puedo regalar lo que tengo en mi corazón.

Ahora, abrigada por mi verdad absoluta y confiada en aquello que creo y no se ve, mas sin embargo esta en mi todo entero como unidad, te regalo algunas improntas contenidas en simples pensamientos de liberación, no más cargas. Y así, levantando mi ansiada vida, vuelo con mis alas de cielo hacia la libertad, ¡finalmente quiero regresar a casa!

Alejandra Urrutia

Alguna de todas ellas

Hoy me siento tan agotada, como que se me acabaron las fuerzas, no es conveniente que alguien te arrebate tu energía; sin embargo, ¡estoy exhausta!

Lamento haberte contaminado con mis sentimientos atrapados de impotencia; prometimos antes de emprender el viaje no mancillar nuestras mentes con estupideces, pero a veces estas trasminan nuestro entorno.

Estoy triste de ver trasladarse en ruinas una parte de nuestra vida y el saber que no hemos permitido levantarla, ni opinar, me provoca una nostalgia y decepción de la vida de antes.

Me doy cuenta que ya es difícil permanecer en aquel lugar del que un día decidiste partir, me doy cuenta que ya no es fácil regresar cargada de alegría, me doy cuenta y me pongo atribulada, triste; ¿es normal todo esto? O estoy en algún estado etéreo que no logro identificar. Solo «**¡Yo quise ser buena!**».

A veces necesito que me recuerdes que tenemos un plan más allá de aquel que otros desean perturbar.

Ayúdame a recordarlo para continuar en esa luz que une nuestro camino e ilumina este espacio.

¡Quiero regresar a casa!

Ayúdame a no perderme de nuevo…

Sí. Así fue como me desperté del letargo. Solo una mirada bastó, solo un susurro suave, piel con piel creó la magia, inesperada o no, la emoción traspasó el subconsciente y llegó de nuevo; ella no se imaginó siquiera qué sucedería, cómo fue que el crepúsculo se puso en sus irónicas vidas.

Primeramente, la ilusión de saber que algún suceso seguiría hacia ese trozo de vida interesante, una cita, otra, y quizá otra más, y los aromas, los hilos de las vidas se entretejieron, y un maravilloso misterio rodeó el anzuelo con el más bendito fin de nunca atraparlo, porque de ser así, la muerte sería el siguiente suceso, una muerte sin sentido, ¿para qué?, era mejor prolongar lo que nunca seguiría a concluir con el desenlace final…

Francesca

No sabía qué ocurría en esos momentos, esos instantes que corrían tan de prisa y que también se hacían eternos.

Amaneció como muchos días amanece; ese en especial estaba ya marcado por la existencia, la diferencia se anunció; empezaba a no pensar en su familia, en sus hijos. Todo parecía que en cámara lenta se quedaba atrás, por supuesto estaba consciente de que estaba a miles y miles de millas, en otra latitud, no sabía si era realmente la distancia, pero en su mente entendía perfectamente que con cada acción se alejaba más y más de todo ese entorno que había creado esa, su majestuosa historia de vida.

Su reloj biológico marcaba como todo un ciudadano inglés las tres de la mañana cada bendita noche sin poder conciliar de nuevo el sueño, por más de cinco días la misma sintonía. Algo, algo justo hoy, era distinto, un poco aflojerada y con un bostezo de osa somnolienta se empujó hacia adelante para salir de la cama, calzó sus sandalias y fue a eliminar las toxinas de la mañana.

Se cubrió con una sudadera e inició su meditación, aun no podía del todo poner el mantra, la torpeza de la alborada le impedía manejar con experiencia su mp3.

Finalmente se dispuso a iniciar con una oración al alba, su nuevo día, su nueva vida, su nuevo despertar.

A los pocos minutos, quizá diez, escuchó correr a diferentes personas fuera de esa tan pequeña habitación, ¿o grande acaso?, porque solo una diminuta cama, un escritorio y un tapete entraban en el ínfimo ambiente, no obstante ella sabía que el espacio no era tan pequeño comparado con todo lo que había adquirido; ese extenso espacio-no físico para habitar: Su Mente, Su Cuerpo, Su Alma.

Se alistó rápidamente, cerró con llave la puerta color escarlata, la colgó en su pecho y salió con su tapete morado para meditar, una chalina color turquesa y unas sandalias cerradas.

No pasaba el tiempo, no pasaba nada, nada que del mundo externo le interesara, poco a poco fue perdiendo la memoria, sumida en ese estado no recordaba lo anterior, se había dado el permiso de olvidar lo que sucedió en su vida pasada.

Todo un mes era el lapso que se pactó con su Yo interno, se había regalado la bendición de reinventarse otra vez, se había autorizado nacer de nuevo durante ese tiempo.

Ya en silencio por dentro y por fuera, Francesca comenzó a ver aquellos destellos de luz que la hacían flotar, esos espasmos donde no percibía absolutamente nada y donde llegaba a ella esa sensación única, aun no podía deducir cuánto tiempo había permanecido así, sin ningún tipo de ansiedad por cambiarse de posición, salirse, esperar una llamada, pronunciar una palabra, no, no lo entendía, pero eso no era importante, lo más admirable es que Francesca podía salirse de eso, de aquello que había creado.

Jamás se imaginó que la incorporación a todo este nuevo mundo, la aceptaría tan rápidamente, pareciera que estaba predestinada para este viaje, encuentro, destino. Pasando largas horas con su presencia y espiritualidad, iniciaba de nuevo su regreso a ella misma; y es así que tomaba conciencia de que había que alimentarse.

EL comedor que le asignaron denominado *"no te olvido aun"*; correspondía a las personas de nuevo ingreso, aquí se disponían algunos "alimentos amigos", es decir comida que no es saludable, pero que ha permanecido con nosotros por mucho tiempo, como el pan, algunas frutas, proteínas rojas, variedad de especies, azúcar y hasta sal, claro todo esto en pequeñas porciones.

Dependiendo del tiempo que estarías "bajo tu propio arresto", eran los días que te asignaban a cada comedor. Su asignación: siete días para este sitio.

El segundo comedor le llamaban *"te recuerdo a veces"*, este contenía muchas verduras, frutas y vegetales verdes y agua, cantidades considerables de este sanador líquido, también podías disfrutar algún tipo de infusión: té como "consuelo" u otra bebida caliente con un sobre de azúcar, solo un sobre. Aquí permaneció solo cinco días, estaba en proceso de desintoxicación. Por poco y no sobrevive para el tercer comedor. Aquí se dio cuenta que había dañado tanto su cuerpo físico que sentía que estaba en deuda con él.

Finalmente el tercer comedor, donde estuvo dos semanas y media, se llamaba, *"comer y reír"*; en sanscrito *JaKsh*. Este contenía frutas, verduras, hortalizas y una gran variedad de alimentos que no había comido antes, y que, sin embargo, la hacían sentirse bien. Era comida de agradable sabor, sin olor, la podía digerir fácilmente y, lo más maravilloso, parecía que no engordaba, bueno esa parte egocéntrica era difícil eliminarla de su mente, después de haber permanecido según ella, en un cuerpo "gordo".

Francesca, una mujer particularmente secreta y reservada, parecía muy misteriosa. Introvertida, a veces inquieta o angustiada, acostumbraba hacerse muchas preguntas. A menudo se inclinaba hacia intereses filosóficos, metafísicos o espirituales. Es cierto que, más que cualquier otra, Francesca estaba dotada para el análisis y poseía cierto sentido crítico y susceptible. Necesitaba emplear estas facultades en actividades intelectuales, si no tocaban a su puerta estados depresivos; en esos casos, su hipersensibilidad la delataba.

En diversas ocasiones ella trataba de convertirse en todo lo contrario, usando máscaras duras y hostiles, y hasta maquiavélicas, porque el ser sensible le había ocasionado bastantes problemas a lo largo de su existencia. Cualquier identificación del propio Soy yo con el fracaso o con el éxito era una falla sin excusa de la totalidad de uno mismo.

¿Qué hay más allá del fracaso y del éxito?, se preguntaba muchas veces. Una de sus frases preferidas era la de Nisargadatta: *"El ser no se identifica con el fracaso y el éxito. Aprende de ambos y ve más allá"*.

La intuición como parte de su empaque la impregnaba a menudo de presentimientos y premoniciones que podían darle capacidades de adivina; y claro, ella había puesto un candado a este aspecto de su vida que si bien un tiempo la atemorizaba, ahora lo había dejado totalmente fuera de su alcance y de todos los demás.

Francesca recordaba que de niña había aprendido la gran fragilidad que experimentan los seres al creerse humanos. La simbiosis con su medio familiar era necesaria para su equilibrio, por sus memorias se encontraban algunas lagunas de dolor o tristeza mal vestida, al recordar los problemas constantes de sus padres por falta de amor, alegría, sexo y más, según decían sus "parientes". ¿Te imaginas la huella de una niña con este sentimiento y lo que esto ocasionó? Por eso ahora, siendo adulta, se filtraba sobre sí misma para no registrar en la psique; algo, lo que fuera, que pudiera marcarla para una vida futura.

Francesca era proclive a hacer preguntas desde muy pequeña; por eso, después de varios años, necesitaba esos momentos donde el encuentro consigo misma la hacía hallar el contacto a su propósito de vida o por lo menos a alguna de esas respuestas.

Varias veces Francesca trató de librarse de esa maraña de enigmas, por mucho tiempo pensó que era mejor estar ahí, en todas partes, que estar con ella misma.

Enamorada de lo secreto y la tranquilidad, se sentía muy atraída por cualquier tema que saliera de lo común, que saciara su necesidad de maga misteriosa.

En la parte sentimental, se ilusionaba con quimeras y utopías que le brindaban muchas dificultades y no vivía de lleno sus amores, se limitaba a darles solo un poquito de "te quieros" camuflados. Aún no había llegado la pareja idónea, perfecta, es decir, su alma gemela o media naranja. ¿Todavía no había llegado? ¡Cómo! Si hasta hijos recordaba que en alguna parte estarían llorando por su regreso.

Francesca conocía la soledad, estando incluso con ella misma y con todos los demás y el recuerdo suavecito como dulce murmullo decía a sus oídos: **«¡Yo quise ser buena!»**.

Ahora, con mente y cuerpo en completa armonía, el deslice de sus pies sobre ese pavimento frío, marcado por las sombras de miles de sandalias y pies descalzos que habían enterrado sus egos mundanos, se trasladaba de nuevo a la pequeña habitación, abriendo la puerta color escarlata y observando la foto sobre el diminuto escritorio.

¿Dónde estás?, hizo la pregunta susurrando al marco del pasado.

Y es ahí donde el alma se le agitó, una mezcla de añoranza, nostalgia y melancolía por lo que estaba sucediéndole, la hizo ir a su corazón y pasar de nuevo las historias que la orillaron a llegar donde estaba ahora, es decir, con esa foto ella estaba de nuevo recordando que el tomar esa decisión no había sido en vano, buscaba de nuevo algún objeto que le permitiera ver otra vez el rostro, ese rostro que había sido macerado por…

Romina

Romina creció en un grande y vasto terreno, lleno de bosque, tierra fértil y una gran variedad de especies animales. Parecía que todo a su alrededor era hermoso, encantador, excitante.

Tenía tres hermanas. Ella, siendo la mayor, estaba destinada a seguir con aquella herencia que más que material era psicológica, mental; en una solo palabra: desgraciada.

Su mente guardaba historias de abuso y acoso sexual, aquella tierra, su madre tierra, era también su gran cómplice.

Cuando era apenas una niña, ella era cuidada por Ennecio, quien había sido el capataz de aquel lugar. Ennecio era un hombre de toda confianza, no solo de los dueños del rancho sino de Romina también. Él le enseñó a cabalgar y a cuidar de su caballo, Rascacielos, de aprender qué hongos no se deberían tocar siquiera y cuáles flores podrían aliviar sus dolores de cabeza, como la yerba loca o las covenas.

Las historias increíbles y maravillosas que Ennecio narraba, hacían que Romina se estremeciera y abriera esos grandes ojos de canicas negras que la hacían lucir realmente sorprendida.

También, cuando la tormenta arrebataba la calma y el miedo quería apoderarse de sus emociones, Ennecio, siendo alto y fuerte, salía o entraba a la vida de Romina, a cuidar de aquellas parcelas frescas, como él bien decía, haciendo desaparecer cualquier temor.

Por su parte, los padres de Romina siempre estaban atentos a todo lo que acontecía en su rancho; y por supuesto eso incluía a su familia.

Y así fueron creciendo los ponis, los árboles, todo poco a poco, al igual que Romina, hasta que hoy, siendo una mujer adulta, está consciente y se pregunta por qué permitió tanto abuso.

Cuántas veces pudo haberle dicho a su madre lo que estaba sucediendo, pero el temor de que no le creyera era más fuerte que el asco tan grande que sentía por vivir ahí, junto a todos ellos.

Ahora, siendo una adulta "de la tercera o cuarta edad", y con toda una familia conducida a una gran calidad de vida, alcanzaba a veces a percibir cuánto daño se hizo o dejó que le hicieran, su autoestima no era de las más altas y por supuesto su desolación y falta de perdón hacia sí misma la arrastraban muchas veces a culpas infundadas y a una mala formación sexual.

Apenada muchas veces, no quería ser tocada por su marido, es más, ni por ella misma cuando tenía que realizar alguna auscultación para detectarse y prevenir cualquier anomalía en sus pechos, o simplemente verse al espejo o lavarse con el zacate sus partes, (esas partes muchas veces prohibidas para ella misma y consentidas para otros) del cuerpo, todo en ella era a veces tan penoso e impúdico.

Con gran tristeza se vio un día frente al espejo y con sus manitas arrugadas y artríticas, tocó suavemente su rostro y fue hablándose de esta manera:

Mi Querida Romina,

Cuánto tiempo sin saber de ti, mi niña, mi vida, mi sol, ¿por qué te abandoné tan pequeñita? ¿Cuándo fue la última ocasión que acaricié tu cabello sedoso, negro, grueso, abundante, ese cabello cubierto de glicerina y dolor?

Aun siento ese escalofrío en mi cuerpo, cuando el miedo te abrazaba por las noches con esa cobija que cubría mis lamentos y gritos en silencio. ¡Sí!, esa sucia y culpable cobija que todo ocultaba.

Mira cómo estás, ¡pobre de ti!; más madura, vieja experimentada y también más olvidada por mí, sí, por mí, que pude haberte rescatado de todo ese angustiante y abusador tormento.

Pero mi silencio era tan inmenso y mi miedo tan grande que nunca pude ayudarte. Te abandoné a tu suerte, a esa pobre suerte miserable, mi pequeña, pero... **«¡Yo quise ser buena!».**

¿Y qué caso tiene ahora destapar la mierda de la alcantarilla oxidada y mohosa de memorias plasma-

das en mis entrepiernas, en estos senos abusados, en este refugio quebrantado, en estos labios anestesiados de mordidas escalofriantes? Dime, ¿qué caso?

Para qué lastimar a mamá, para qué contarle todo lo que sucedía todas las mañanas y luego todas las noches, porque tú y yo sabemos que fueron más de mil y una noches, ¡sí!, fueron muchas más; apenas quiero hacer memoria, porque acuérdate que un día te prometí que nuestra memoria se iría para siempre, primero que nosotras, ¿te acuerdas?; ¡acuérdate!, y así fue; hace cuánto tiempo... ya se me olvidó, con esta enfermedad que pasa con los años. Va, no sé realmente qué estaba diciendo. Por Dios, por qué estoy aquí, desnuda, ¿por qué?, exclamó la dulce anciana, prendada con sus manos al pequeño barandal de acero insertado cerca del inodoro y justo al lado del espejo.

La historia de Romina es de una mujer fuera de lo común. Su política era, en cierto modo, la del todo o nada. Por eso, su itinerario podría conducirla hacia altas cumbres, como hacia ciertos abismos, abismos que muchas veces fueron mitigados por su cabecita llena de miedos, temores y vergüenza.

Todo la empujaba hacia los demás, hacia el mundo o hacia el público. De una u otra manera, Romina no dejaba a nadie indiferente cuando sentía que los demás la miraban. Romina se apasionaba por lo intelectual o espiritual, buscaba superarse, ir más allá de sus límites, de sus costumbres, esos eran sus escapes. Esto a menudo hacía que fuera difícil entenderla y corría el riesgo de que la tomaran por una iluminada.

Era mejor pensar en eso que en lo que le estaba sucediendo.

Era normal que pasara por diferentes fases antes de lograr el desapego perfecto de una mente accidentada por los trágicos recuerdos, porque tendría que alcanzar una seguridad absoluta en el plano material antes de dedicarse a los demás, ya que Romina no se encontraba al abrigo de cuestionamientos.

Necesitaba tener fe en lo que hacía, su tendencia a fantasear, su rica sensorialidad, su búsqueda de lo absoluto, podía llevarla hacia paraísos artificiales y enigmáticos; acompañándola a olvidar los detalles, buscando, en el mismo espacio, encontrar con benevolencia alguna pequeña fibra de compasión hacia sí misma.

Cuando niña, Romina era hipersensible, emotiva, temerosa, y habría que comprenderla y amarla, aunque su apreciación de la verdad pareciera extraña. Su imaginación, su sueño de cosas maravillosas y sus visiones utópicas fueran la génesis de una vocación; y siempre la fuga de su mente era su escapatoria.

Romina a menudo veía las cosas a lo grande, según su mamá decía, sus ideales eran ilimitados, siempre había pensado que era menos que todo y por eso necesitaba ser castigada. Sus gustos la llevaban hacia lo inaccesible o al misterio de todo aquello que le diera una respuesta a su dolor, aquel dolor de niña, adolescente, adulta, y ahora, vieja.

En la vida cotidiana, era difícil de captar y de seguir, ya que su corazón era, a la imagen de su ideal, inmenso: Romina era novelesca y sus historias sentimentales a menudo eran muy peligrosas, esperando a un Príncipe valiente que nunca la tocara, y que sin embargo la protegiera de todos los que la habían tocado. No correspondía precisamente al ama de casa perfecta, poco ordenada, le daba más lugar a las emociones, las sensaciones, los ambientes serenos, ya que presa de sentimientos del pasado la obligaban a tener su mente en otro estado, cerca del olvido.

De repente se abrió la majestuosa puerta de nogal con doble chapa, aun se escuchaba el sonido de madera mojada, abrazada por las lluvias torrenciales de esa temporada; ahí Romina, casi paralizada y con sus manitas puestas nuevamente en la cara, observaba su rostro cubierto de arrugas y una cabellera ceniza, queriendo encontrar en ese espejo oval algún recuerdo hermoso de su niñez, un juego limpio; finalmente daba gracias a Dios de haberse encontrado con Ennecio en aquella casa , hacienda, mansión; él y ella sabían lo que muchos jamás conocerían.

—¿Dónde está Ennecio? —preguntó la anciana. Solo Ennecio conocía lo que el papá y el abuelo de Romina le hacían a esta pequeña y habían guardado como el secreto más terrible.

—¡Abuela, es hora de dormir! —Una voz dulce alcanzó a escuchar Romina.

Muy lentamente caminó y se recostó en la cama y sus piernas sintieron las cobijas, esas cobijas tan diferentes que realmente la cubrían del frío y de todo.

Mientras tanto, una voz masculina ya gastada por los duros golpes de la vida de varios años, exclamó:

—¿Puedo pasar?, necesito hablar con su abuela; debo decirle lo que...

Sara

Sara giraba alrededor de los sesenta años, en realidad desde cinco años antes había iniciado un reencuentro con su parte sexual, después de atravesar dos divorcios con el mismo error; decidió darse de nuevo la oportunidad de continuar en este sensual mundo.

Ese viernes se encontraba subida en el avión, en el asiento cerca de la ventana; realmente odiaba ese lugar, sin embargo había llegado tarde a la impresión de su boleto, por lo que no le quedaba otra opción.

Se había programado estar tranquila durante todo el viaje, tenía conocimiento de que haría un transborde y dos escalas más en el último vuelo, para después manejar cuarenta y cinco minutos y llegar a la cabaña que había elegido para descansar.

Habiendo pasado casi una hora por los aires, se dispuso a preguntar:

—Disculpe, ¿cuánto tiempo anunciaron para aterrizar? —preguntó Sara al hombre sentado al lado suyo.

—Quince minutos, ¿se siente bien? —respondió él en un tono preocupado.

—Sí, gracias, solo que no escuché exactamente cuánto tiempo —exclamó Sara.

—Mi nombre es Mike Sanvicencio, mucho gusto. —El hombre extendió la mano para presentarse. Ella, lo que menos quería en esos momentos era saber quién era ese tipo.

—Mucho gusto, Sara Smith —respondió ella un poco obligada y de inmediato retiró su mano.

—Parece que estamos próximos a aterrizar —comentó Mike, queriendo hacer plática.

—Sí, ¡eso parece! —replicó. Sin embargo, Sara no tenía la menor intención de gastar saliva.

Ambos bajaron del avión, parecía que se cuidaban de evitar darse cuenta que se estaban observando el uno al otro.

Tenían una hora con treinta minutos para trasbordar al siguiente vuelo. Sara caminó hasta el baño, o tocador, como decía su amiga Christine; y parada frente al espejo, inició su conversación mental: *Es guapísimo, estoy un poco nerviosa, ¡es una locura!, seguro este era su destino, creo que algo me está sucediendo, me siento como ansiosa, es que su aroma me estaba volviendo loca, es tan atractivo, Wow, y sus manos, eran estupendas: grandes, fuertes, protectoras, sin dudas, y, por supuesto, sin argollas matrimoniales, bueno eso no es ninguna garantía, en fin debo olvidarme, de cualquier forma me veré más linda, quizá y hasta duerma con él, jajajaja, ¿dormir? con él no tendría una gota de sueño*, se rió socarronamente, arreglando con su mano derecha su cabello un poco despeinado.

Salió abriendo la pesada puerta gris con el letrero pegado con el nombre de *Ladies* y se dispuso a ir por un café, en realidad quería saber dónde estaba él, ¿sería realmente su destino final?

No, por supuesto que no; ella sabía, o por lo menos presentía que no, que continuarían en un viaje más allá del destino que estaba impreso en aquellos boletos.

Sara decidió sacar una libreta de notas para relajarse y revisar la lista de lo que había planeado hacer en la isla; y justo cuando tomó sus lentes de carey, sintió el peso de alguien que se sentaba en la parte trasera de la fila de asientos, sí, justo atrás de donde ella estaba sentada, se sentó él. *No: no puede ser; ese aroma, cómo no volteo, por favor contrólate,* (decía rogándose no ser tan obvia*). Sí, seguro es él,* su mente le ratificaba.

En ese instante Sara giró lentamente el cuello y casi se topa con la cabeza un poco canosa y sensual de Mike Sanvicencio.

Y rápidamente su mente comenzó a charlar: *Por favor relájate, él está detrás de ti, así que continúa con tu vida, por favor otro error, ¡No!,* el monólogo interno e intenso empezó de nuevo, hablaba y hablaba, preguntaba y al instante se respondía ella misma.

El génesis de la emoción en su corazón empezaba a recorrer con pequeños espasmos y calambres su abdomen y en sus entrepiernas estaba experimentando esa sudoración de deseo, de pasión; las emociones sabían que iniciaría el romance con los vínculos de la ilusión. *Ni un minuto más, ya no puedo*, exclamó interiormente.

—¿Me permite una pluma? —exclamó muy decidida, hablando al ejemplar del género opuesto de exquisito aroma.

—Por supuesto, ¿escribirá su destino? —preguntó Mike Sanvicencio, un tanto coqueto.

Sara sonrió y dejo que su mente le respondiera: *¡Nuestro destino, querido!*

Lo vio de nuevo y con cara sonriente le contestó:

—No entendí su comentario.

Mike Sanvicencio un poco sonrojado exclamó:

—Enseguida regreso mientras termina de usar el bolígrafo.

—No se preocupe, estoy por terminar —dijo Sara sin volverse a ver el rostro de Mike.

Mike tan solo respondió:

—Créame, no estoy nada preocupado, regreso en seguida. —Y el guiño del ojo izquierdo fue como la instrucción directa para que Sara se sonrojara y mantuviera fijamente en su mano derecha el bolígrafo.

Sara no podía ni siquiera terminar de escribir o hacerse tonta anotando varios garabatos en un trozo de papel, que en ese instante era el testigo de toda la conversación, el deseo de ese instinto sexual que la arrastraba a la lujuria.

Sara, siempre simpática, dinámica, y particularmente abierta a la comunicación, emanaba una impresión de fuerza y de seguridad, aunque en realidad su fragilidad no siempre le permitía disfrutar de la confianza en sí misma.

Con todo el bagaje de experiencia en su vida, con todo lo que su corazón había escrito más de dos ocasiones en el episodio amoroso con la misma persona, el aprendizaje de la autoestima aun no tenía la nota de sobresaliente.

Sara sabía agradar, seducir, encantar y distraer a los que la rodeaban. Le gustaban los juegos y las diversiones. Siempre curiosa en miles de cosas, sin necesariamente profundizar en ninguna. Su amuleto: la dispersión y el querer ser para los demás lo que ellos querían. Habilidosa y creativa, conocedora del arte de hacer trabajos manuales de "todo tipo", porque con su búsqueda sexual, el arte de manejar manualidades y dar sus "servicios" extremos, le permitían colgarse una medalla de oro y el título de una mujer cien por ciento seductora.

En su plano afectivo, otorgaba mucha importancia a su destino personal, o incluso profesional, y ahora de adulta era como aquella niña: traviesa, maliciosa y rebelde.

Su flujo verbal era irrefrenable y su espíritu despierto le permitía aprender rápido, pero se hastiaba fácilmente, ya que en la realidad nunca se había sentido satisfecha, ni en el sexo.

No estaba persuadida de permanecer largos años en un trabajo, ni con nadie en realidad, le gustaba sorprenderse y así, de repente, se desilusionaba. Realmente le gustaba la danza, el dibujo y las lenguas; sí, esas lenguas que... y qué más decir de la suya, esa que había creado maravillas y que todavía estaba con fuerzas.

Buscar el contacto con los demás era algo que disfrutaba, la realidad era su sensibilidad e imaginación, sus historias eran un torbellino de acontecimientos narrativos en primera persona, le temía a la soledad cuando su mente descansaba de los egos.

Siempre con una escucha atenta que hacía se le apreciara, parecía que todos sus sentidos fueran entregados a ti cuando conversabas con ella. En el fondo su instinto era tan grande que estaba viendo más allá de lo que le decías, pero por esa falta de confianza en sí misma, pensaba que quizá podrías ocultarle algo o le estuvieras diciendo mentiritas, como aquellas que ella maquinaba magistralmente para a veces no llegar a casa y sí a otras partes. Por eso tenía que estar atenta a cada movimiento de ese tal Mike Sanvicencio.

Sara, siempre con un temperamento móvil e inestable, requería tomar ese viaje, era urgente e inminente ir al encuentro de aquello que ella estaba buscando, todo eso cubierto en un disfraz barato llamado: ¡Querer descansar! La realidad es que quería tener un confrontamiento con su YO instintivo de hembra fuerte, enigmática, poderosa y sensual. Y con una sonrisa dulce y picarona se decía: «¡**Yo quise ser buena!**».

Parecía que el destino, la vida, o su personalidad audaz le habían regalado un boleto, y no precisamente a esa isla del descanso, si no a la isla del encanto, porque ella quería esa noche no dormir en su habitación, o al menos eso estaba pensando, cuando una mujer de traje sastre negro y con bolso de leopardo de diseñador se acercó y susurró a su oído:

—¿Le importaría entregarme el bolígrafo de mi marido?

Sara, pasmada, volteó su cara para ver cómo él...

Matilde

Matilde alegre y un poco inocente, con sus escasos no más de veintiún años y siendo la mayor de las hermanas de una familia grande, se sentía responsable de todo lo que sucedía en casa. En realidad ella no se sentía responsable, la hicieron que así viviera, la madurez y ella se matrimoniaron cuando aún era adolescente, es más, creo que desde que estaba en su bendita infancia.

En el aspecto amoroso o romántico aún no había presenciado el torbellino de un enamoramiento pasional, de esos que hacen que te vuelvas loca y cursi. Su novio había sido el novio de su prima Irene, y el novio de Irene había sido el novio de Matilde, es aquí donde crees que la vida se equivoca y hay que tomar un borrador y empezar de nuevo.

Tres o cuatro veces a la semana, después de la escuela, Matilde caminaba por una de las calles más conocidas de la Colonia Roma, a unas escasas dos cuadras de su casa, para ayudar a su mamá en el negocio. Y así fue como Matilde comenzó el coqueteo inocente sin darse cuenta cómo ese espécimen poco a poco fue llenando el espacio llamado "emoción" de su corazón. Ella, ingenua, permitió se derramara la dulce miel o, más bien, la amarga hiel.

Complexión baja, sí, muy baja, tirando a chaparro, moreno, sí, muy moreno, más bien tirando a atezado, de cuerpo compacto, apretadito, unos labios lindos un poquito carnosos, una labia de suspiro, y eso sí, un aroma realmente exquisito, era lo que destilaba el novillo de Matilde, como le decía su Apa.

Algo que provocaba la locura de Matilde por este novillo, era la mezcla del olor de su piel con la fragancia que usaba. Amaderada. Aromática. Para Hombres. Era tal la atracción que producía en su mente y cuerpo, que Matilde decidió aprender sobre aromas y fue así como instruyó a su olfato a descifrar los compuestos de cada loción, esencia, fragancia, sobre todo las varoniles.

Matilde tenía el olfato muy desarrollado, parecido a los elefantes africanos. Ella sabía que esos animales contaban con 1948 receptores olfativos y que esta destreza era cinco veces más desarrollada que la de los seres humanos.

Así fue como aprendió que una fragancia se percibe en tres etapas; el primer olor que notamos al aplicárnosla es llamado la "nota de salida" esta es fundamental, delata la personalidad y es la determinante en la decisión para comprarla. La "nota de corazón" es la mezcla de acordes que indican la familia olfativa, si son florales, orientales u otros, y por último, la "nota de fondo", está formada por los "tonos", es decir, al entrar en contacto los aceites del perfume con nuestro organismo, estos indican cuánto tiempo podrá perdurar en nosotros.

Una de las ventajas del novillo de Matilde era su cabello negro y un tipo de tez oscura, esto permitía que su fragancia perdurara más debido a la cantidad de melanina en la piel, quizá por ello Matilde era una loca enamorada de las cabelleras oscuras y de aquel tipo tan, tan moreno.

Así que su hombre-cito se perfumaba con una fragancia con notas de salida de nuez moscada, mandarina, neroli, bergamota y tabaco; las notas del corazón eran clavel, sándalo, salvia y *vetiver*; esta última la podría derretir. Luego estaban las notas de fondo, para el amarre, decía Clarita, una de sus amigas. Estas eran de cuero, haba, tonka, ámbar, algalia, musgo de roble y mirra; y si a todo esto le agregabas la seguridad, autoestima a más del cien por ciento y un buen auto deportivo, pues Matilde estaba hecha.

Luego el que era novio de la prima: era alto, fuerte y fornido, muy caballeroso, demasiado decían todos, no sé si tan guapo como los ojos de Matilde lo vieron aquella alegre noche de Navidad cuando él le sonrió y ella alcanzó a percibir su fragancia no menos deliciosa sin llegar a impresionar demasiado como la del otro, este era un aroma Fougère (de helecho) para hombres, compuesto de notas de salida de alcaravea, iris y lavanda; con notas del corazón de sándalo, bayas de enebro y *Pachulí,* este último despertaba en Faustino la sensibilidad y lo hacía sentirse encantador, agradable y seductor; finalmente estaban las notas de fondo que no podían faltar de cuero, ámbar, almizcle y musgo de roble.

Aun y cuando ambas fragancias contenían compuestos que podrían derretir a cualquiera, la melanina de cada uno era diferente, así como todo su aspecto personal.

Un mal día, saliendo Matilde con su primer novillo, el realmente feo pero seductor, este le hizo la observación que le había gustado su prima. Matilde se molestó, pero tan inocente, tonta o muy inteligente, aceptó la versión del feo de que había sido solo una broma.

Finalmente, al conocer al novio que era de su prima decidió que estaban en corazones equivocados, bueno la realidad es que su prima y su exnovio le habían hecho la peor traición, aun y cuando le regalaron a Faustino (el novio de la prima).

Faustino era un hombre, todo un macho que se fue enamorando locamente de Matilde, y fue así como iniciaron un noviazgo.

Faustino no tenía automóvil propio y cuando querían salir a algún sitio tenían que pedir un taxi para movilizarse y eso le provocaba cierta molestia a Matilde. Los padres de ella les prestaban un auto cuando salían, para evitar que su hija, su princesa, estuviera exponiéndose, trasladándose en taxi cuando salieran de algún sitio: cine, restaurante, boliche, librería, y otros lugares. Así fue como Matilde lo empezó a ver menos y lo que le seguía.

Faustino era un trabajador incansable, había sido boxeador y de vez en cuando continuaba con este deporte que le había regalado un cuerpo atlético y escultural de envidia y también de paso una dentadura postiza, se vestía muy apropiado y era sumamente respetuoso con la familia de Matilde y con ella. Sin embargo, la abundancia o prosperidad no habían sido amigas de Faustino, así que la realidad era que no tenía una estabilidad económica que le permitiera atender a Matilde como "ella se merecía".

En una ocasión habían salido a cenar con unos amigos, ellos por supuesto estaban en el asiento de atrás del Cadillac negro, y por accidente Faustino, al abrazar a Matilde, le rozó con su mano el seno derecho. Ella no le dio importancia. Sin embargo, Faustino no supo cómo disculparse. Ella insistió que no se preocupara, que todo estaba bien.

La realidad es que Faustino seguramente estaba ardiendo de placer y aquel pequeño contacto con esa parte íntima de su amada le había provocado pensamientos insospechados y ciertamente hasta sintió que le hizo el amor en silencio.

Más allá de un simple beso no había más, ni qué decir de acostarse, fajarse, tocarse o darse un poco más de cariño. Como decían en casa de Matilde: ¡el Faustino es muy correcto!

Matilde se había percatado que Faustino quería deshojar su margarita, besarla, tocarla, deslizarse por ese cuerpo bien torneado que le estaba generando ese escondido placer por lo prohibido, pero como ella pensaba: es todo un caballero él no me tocara ni con el pétalo de una rosa; el inocente, o iluso, Faustino estaba esperando hasta que ella lo pidiera, situación que no sucedería, Matilde había perdido el encanto desde hacía tiempo con tanto taxi.

A veces cuando uno quiere que pasen las cosas, estas no se dan; y cuando se llega el momento, para otras personas este… ya paso.

Un viernes, Matilde fue a cenar con Faustino a casa de una amiga por la Colonia Condesa, para lo cual de nuevo los padres de ella le prestaron un carro: el Jaguar azul naval. Cuando entraron a la reunión, Faustino se sintió incomodo, la mayoría de los invitados eran de clase alta y aun y cuando él fue bien vestido, bien perfumado, y hasta casualmente elegante, él sabía, o por lo menos sentía, que toda esa gente estaba en otro estatus diferente al suyo.

Al terminar de cenar, se despidió muy amablemente de todos los invitados, incluyendo por supuesto, de dos muy buenas amigas de Matilde y sí que estaban buenas, eso pensó.

Pasado el tiempo, la relación se empezó a enfriar, Matilde estaba cansada de tantos taxis, así que fue poniendo pretextos para no continuar saliendo con Faustino.

Ella argumentó que se iría a estudiar a Guadalajara, así que era mejor concluir con su noviazgo. Faustino le pidió que no se fuera, le insinuó, le dijo, le propuso, le suplicó le indicara qué podía hacer para que no terminaran.

Matilde era noble y seductora, sin dejar de ser simple, siempre reservada y secreta, poseía una personalidad firme y decidida. No obstante, manejaba perfectamente sus emociones. Tenía horror a la mediocridad y la superficialidad. Amante de lo natural y la pureza, era elitista y selectiva, perfeccionista, idealista y buscaba siempre progresar y elevarse constantemente.

Matilde siempre fue disciplinada, perseverante y obstinada, no abandonaba fácilmente sus creencias o sus ideas. Sin embargo, si bien era capaz de ser muy paciente en los momentos importantes de su existencia, podría volverse brusca y faltante de moderación para los hechos menores de la vida.

Como conservadora, Matilde tenía los pies sobre la tierra y era capaz de asumir responsabilidades a sangre fría y con eficacia. Posesiva como ninguna, no por eso era menos generosa, aun no entendía cómo fue a fijarse en Faustino, ¡cómo! si él era de clase "sencilla". La realidad es que era pobre, y no solo materialmente, si no en su mente, sus pretensiones, aspiraciones y pensamientos.

Matilde, a la hora del compromiso amoroso, era particularmente exigente, ya que necesitaba admirar y respetar al elegido, a quien no le dejaba pasar ninguna falla. La elección de sus enamorados a menudo le resultaba difícil, sintiéndose ella siempre casi perfecta, situación que le había acarreado varias desavenencias.

Siendo una mujer activa, dinámica, original, no encontraba la respuesta a ese cambio de parejas que había tenido. La realidad de las cosas, Matilde en su corazón sí quería un poco a Faustino, como ella pensaba "quizá podría construir el amor", pero su mundo de memorias y creencias de las altas esferas la hacían pensar que todos esos pensamientos la estarían recriminando duramente toda su vida por haberlo elegido. *Lo lamento, Faustino:* «**¡Yo quise ser buena!**», se decía cuando lo recordaba.

Faustino, por su parte, hizo algo para que Matilde no se fuera, una tarde de febrero loco, el frío como cómplice mezclado con algo de extravagancia, maquinó el encuentro con una de las muy buenas amigas de Matilde, el objetivo parecía ser muy claro, encontrarse con ella para ver si le ayudaba a evitar que Matilde se marchara.

Y vaya que lo ayudó esta buena amiga. Tanto fue el apoyo, que hasta se acostó con él, con su cuerpo espectacular y con sus recuerdos, así fue como la gran amiga ayudó a Faustino o a Matilde; la realidad es que a veces no se sabe quién ayuda a quién; porque esa tarde lluviosa con aroma a tierra mojada y a sándalo, bayas de enebro, vetiver, cedro, cardamomo y pachulí y el ruido de agua de lluvia golpeando en el pavimento, Matilde llegó ilusionada a casa de su amiga, pensado que era más importante el corazón de las personas, que el grosor de su billetera, y al abrir la puerta pesada de madera oscura para contarle a su amiga, ellos estaban a punto de…

Ximena

Ximena lo conoció en la compañía donde trabajaba. Al principio ese rostro formaba parte del marco que sus ojos veían sin ir al detalle; se olía su inteligencia y la prepotencia descifraba un poquito los complejos de un hombre a la vista, por el temor escondido al sexo opuesto.

Conforme pasaba el tiempo, ya el aroma formaba parte de su entorno y no solo era brillante si no también arrogante, el ingrediente perfecto para la conquista.

Aun y cuando Ximena no sabía por qué podía ser tan atractivo, un día sucedió que alguien más vio "su" pastel, así que a partir de ese momento el poder obtenerlo ya era un gozo rotundo para ella.

Lo más impresionante es que suavemente, sin darse cuenta, Ximena estaba formando parte de la vida de esta persona. Los momentos se impregnaban de miradas ardientes, pecadoras, y aun así: sin castigo.

Un día, un comentario, unas palabras en un mal momento desataron la historia de la expansión de la dicha, alineando el mapa del amor en un solo sentido.

Lo impresionante de los efectos de todo este paisaje en la vida de Ximena es que fueron de los más intensos, extraordinarios y cautivadores que recuerda en su historia; impregnados de grandes dosis de sexualidad, sin olvidar también los abusos más violentos y agresivos, más psicológicos que físicos, pero el poder, esa habilidad o facultad de tomar decisiones sobre los demás, era el gran motor de esa bendita o maldita relación.

Ninguno de los dos dejaba ir un comentario de dolor con un delicioso beso al final, ninguno de los dos permitía espacio para nadie más, aun y cuando la distancia entre ellos era incalculable, ninguno se sentía solo, pero a la vez el no encontrarse o no verse parecía que el mundo tenía otra dimensión. La inteligencia de sus almas perdió en varias ocasiones la sintonía, tornándose caótica, depresiva y en crisis.

¿Te ha pasado que te amen hasta los huesos?, ¿te ha pasado que no duerman por ti?, ¿te ha pasado que tu aroma destile orgasmos?, ¿te ha pasado que te amen hasta odiarte?, pues si no te ha pasado, no sé qué decir, creo que eres afortunado, porque como dicen: hay amores que matan. Y este amor era un veneno embriagante, exquisito y mortal.

—Siento frio, iré por mi gabardina —comentó Ximena.

—No, espera, permíteme, yo puedo traerla. —Él salió de inmediato para no perderla ni un segundo.

—Gracias, realmente empezaba a temblar de frío —en tono suave como susurro, dijo ella.

—¿Y qué piensas de mí? —Una pregunta egocéntrica que él necesita soltar.

—¿Por qué me haces esa pregunta? —Ella conocía esas preguntas, cómo iniciaban y cómo terminaban, solo que él desconocía el "juego".

—Solo dime, qué piensas de mí. —Él insistió con el pecho saliendo, pareciera que las orejas se extendieran para alistarse a escuchar cada letra que ella pronunciaría.

—Sobre qué aspecto —dijo ella.

—En general —contestó él.

—Pienso que eres agradable, sensacional, que sabes qué quieres y que te gusta el éxito. Es más, hasta creo que eres un trabajador incansable —pausó unos instantes y continúo—: Wow, todo eso dije de ti —exclamó Ximena sonriendo seductoramente, frotando sus manos para generar calor, haciendo escuchar el chascarrillo de sus anillos.

—Gracias, era importante tu opinión —alcanzó a decir el individuo un poco tímido.

—¿Y tú, qué piensas de mí? —ella preguntó, sonriendo y acercando un poco su torso a la mesa, haciendo más corto el espacio entre ellos.

—No se vale hacer la misma pregunta —exclamó él, moviéndose la corbata en señal de tomar un poco más de aire por su tráquea y desabrochando el botón que acariciaba su piel.

En ese momento, siendo ella la estratega de la seducción, decidió terminar la "cita".

—Nos vamos, ya es tarde —dijo Ximena, clavando su mirada en el finísimo reloj Cartier plateado empuñado en su mano izquierda.

—Señorita, ¿me da la cuenta por favor? —él indicó a la mesera.

—Enseguida se la traigo —replicó la chica con una sonrisa.

—Acomódate la corbata —dijo Ximena, al verlo con aquella corbata laxa en su cuello. Ella sabía que desde que él se sentó a su lado en ese pequeño espacio, el calor lo estaba matando, el sudor quería hablar, gritar lo que su mente estaba maquinando.

—No, así me siento bien, en realidad no soporto las corbatas —contestó él, desafiando la autoridad que Ximena había mostrado desde el principio.

—Por favor, abróchate el botón de la camisa y acomódate la corbata —insistió Ximena al llegar a la puerta de salida del restaurante.

—No, ya te dije que no —dijo él contundente.

No cabía duda que se iniciaba una guerra de poderes egocéntricos.

Y aquí fue donde Ximena perdió la compostura y ganó la batalla, donde empezó a sentir que tenía el control de la situación, y ahí, justo en ese punto, dio al blanco, con un arco firme y exacto, lanzando el dardo matador con la seguridad de la frase perfecta al ego masculino pronunciándola por su boca impregnada de seguridad:

—Me gustas **más** con la corbata bien puesta, cerca de tu cuello. Así que arréglate y pon en orden la corbata. —Empujó la mohosa puerta de madera de roble, cedro, pino, de lo que fuese, pero vieja llena de años y seguramente de secretos.

En ese momento la mirada se tornó sensual, sus manos fuertes y un poco toscas, delicadamente abrocharon el botón que daba frente a su pecho, arriba, muy cerca de su garganta, la corbata regresó a su lugar, parecía como si se estuviera reflejando en un espejo, observando que todo estuviera correcto, pero no, lo que estaba imaginando no era correcto, solo él estaba viendo la historia que seguiría.

Lo que ya nunca regresó a su lugar fue ese momento y los que siguieron. Ese día se escribió una parte de vida, una parte de dolor, una parte que sin ella no sería la que ahora es, porque Ximena comprendió que lo que había permitido aquella tarde de otoño era imperdonable para su corazón herido por tormentos pasados. Y con un pensamiento íntimo e interior y cerrando brevemente sus ojos exclamó: «**¡Yo quise ser buena!**».

Aún no sabe, ni le interesa, sí estuvo correcto o no, si estaba adecuado o no, si se podía o no. Lo que sucedió es porque así pasó y punto.

Siempre Ximena fue una mujer que pertenecía a la raza de las idealistas, las que lamentablemente no siempre tenían los pies sobre la tierra. Con sus aspiraciones elevadas y su amplitud sobre la existencia, a menudo irrealizable, presentaba fases de intensa decepción, de desilusiones, incluso de crisis nerviosas o neuróticas.

Por otro lado, para Ximena su vida interior era muy importante y a veces existía un inmenso sentimiento de soledad, ya que fácilmente tendía a sentirse aparte, dejando su yo acongojado y con falta de sentido. Sin embargo, su originalidad y creatividad servían como ejemplo en las vías de la vanguardia en su cotidiana transición por este mundo.

Ximena era frágil y a menudo tenía un sentimiento de inferioridad que rápidamente era cubierto por la máscara de sentirse querida y apreciada, emergiendo finos y contundentes destellos para sintonizar con la humanidad. Sentimentalmente, la vida no era simple para ella, tenía el arte de complicarlo todo, su conciencia integral era poseída por la dualidad del Yo espiritual y el Yo falso, que a veces la hacían "perderse".

Y aunado a eso, usaba sus talentos para doblegar al sexo opuesto por medio de su autoridad, esto la hacía casi llegar al clímax de la excitación.

Tal vez algo le habían hecho, porque el manipular a los hombres y enfrentarse a ellos había sido la batalla de hacía varios años y por supuesto varias posiciones laborales. Quizá por eso, ese día Ximena sabía qué iba a suceder, así como también sabía que perdería otro trocito de corazón, como aquella otra ocasión hacía varios años atrás.

Sensible y novelesca, soñaba con estar en ósmosis con el ser amado y sus atracciones a veces eran incomprensibles, ocultas, prohibidas, hasta obsesivas. Además, no comunicaba fácilmente y esperaba que la descubrieran, que le adivinaran el pensamiento, la adrenalina de saber que "eso no se hace" era realmente embriagante.

Llegaron al estacionamiento. Ximena se subió a su auto y el individuo se quedó pegado en la ventanilla del conductor donde se encontraba Ximena, ella intrigosa y más, mucho más sensual, le dio un beso en la punta de sus labios, labios que pedían todo en ese momento, ella permitió con todo su poderío que el aroma de su cuello se prendiera en la boca de aquel sujeto y suavecito, muy suavecito, se deslizó hacia adelante para darle ahora un suave beso carnoso en esa boca exquisita, para después desprenderse de esos labios.

Y de un de repente, Ximena lo tomó bruscamente de esa corbata y con fuerza de hembra lo acercó nuevamente a esos labios que estaban a punto de extraviarse.

Lo besó, lo mordió, le entregó hasta casi toda su vagina en ese beso ardiente, apasionado, oculto e inocentemente abusado, para después soltarlo y regresar a este mundo.

Por supuesto, le impidió subir al auto; ese auto que estaba fungiendo como testigo en silencio, observando cada aspecto de ese desenlace. Y así, sin más, se puso en marcha manejando por la avenida.

Ximena se miró en el espejo retrovisor, se acomodó el cabello ondulado un poco, saco su *lipstic* nacarado y, masajeando aquellos labios, les pidió perdón al deslizar el labial. Poniendo su mente fría, dejó que el corazón se fuera a dormir, así como también observó cómo él se alejaba; mas no de su vida, porque ese día comenzó lo que ella no había planeado.

A pocos minutos de manejar en su automóvil rojo sobre el camino hacia casa, esa noche, estando a punto de cruzar la calle principal de su fraccionamiento, se percató que su mente iniciaba el regreso de ese laberinto, de esa medicina de amor consciente y de repente escuchó un tremendo…

Diana

Diana era una mujer con tan solo treinta años. Era esbelta, atractiva y sobre todo con una autoestima enorme, gigante, espectacular.

Llegando al aeropuerto, revisó los detalles que faltaban para que todo el equipo de personas que viajaban con ella estuviera sin contratiempos.

Por la noche, entró al hotel y ya registrada en la habitación número 301, se dispuso a descansar; al siguiente día tendría una jornada extenuante.

Por la mañana, cuando llegó al desayunador, se percató que alguien la observaba, alguien en alguna mesa asignada a su empresa estaba poniendo los ojos en sus movimientos, en sus glúteos y pantorrillas. Diana pensó que quizá era una casualidad o simplemente el estrés estaba jugándole una mala pasada y continuó con las actividades siguientes.

A las diez de la mañana, inició su recorrido en la empresa donde se llevaría la gestión de auditoria. Al principio todo estaba como todos los viajes que realizaba constantemente, es decir: todo normal.

Esa noche, al prepararse para ir a dormir, se paró frente al espejo de cuerpo entero de aquella habitación, y empezó a deslizar su mano derecha sobre sus pechos.

¿Qué pensamientos ocultos están en mi cabeza o es tan solo que estoy acostumbrándome a estos escapes rutinarios que me otorgan regresar a mi libertad?, se preguntó a sí misma.

No supo o no quiso escuchar lo que su voz interna le replicó quedamente pero muy clarito y de repente más bien la acalló, tomando un poco de agua y apagando la lámpara de la mesa mientras también colocaba unas gafas y una tableta electrónica sobre esta. Tomó una de las almohadas la puso atrás de su espalda y asumiendo una posición fetal, cerró sus ojos y susurró mentalmente: **«¡Yo quise ser buena!»**, y el sueño la acurrucó.

El segundo día, su jefe, un poco mayor que ella, guapo y todo un caballero, organizó para la noche una salida a cenar y tomar una copa en algún barcito cerca de la zona donde se hospedaban. Unos cuantos quisieron acompañarlos, fue justo ahí que apareció frente a ella Arturo, aun y cuando había estado en su mente todo el día. Él platicó con su jefe y con los demás participantes, y por supuesto, con Diana.

Terminada la cena y después de haberse ido el jefe de Diana, Arturo se despidió de todos y de ella regalándole una rosa de papel hecha con una servilleta blanca. Claro, esa misma noche ya algún otro le había dado una rosa de verdad.

Llegaron al hotel y cada uno de los participantes fue a su habitación. Pero Diana bajó unos minutos más tarde y se dirigió hacia la playa, se sentó en un camastro blanco, colocó una de las toallas de baño y observó la resaca suave con algunas olas saludando a sus pies y que como ella estaban desvelándose.

Y así fue como Arturo llegó, sus manos fuertes apretaron los hombros suaves de Diana y sin más ni más se sentó a su lado y comenzó a platicar, conversar, explicar, en fin le contó historias y más historias divertidas, ella rio por tramos grandes y luego la brisa y las olas tomaban su turno para también reír con ellos y así de repente sin aviso, les dieron las cinco de la mañana. Con el amanecer a su lado, el día iniciaba su claridez y así sin nada más, se despidieron y se fueron a sus habitaciones. Ella en la 301 se dio una ducha caliente, se arregló más linda y sintió un espasmo emocional a la altura de su vientre. ¿Qué era eso?, acaso una aceptación amorosa, se vio una vez más en el espejo y se sonrió picaronamente, caminando hacia la puerta muy derechita con esos tacones *sexys,* para así continuar con su siguiente día laboral.

Al tercer día, ya la emoción embargaba sus mentes, sus cuerpos destilaban feromonas, ella con un traje sastre blanco, la falda mostraba sus piernas bronceadas, desde sus rodillas redondas como toronjas bien puestas hasta esas lindas pantorrillas; bajó en el elevador y partiendo plaza se dirigió al *lobby* del hotel. Ahí la esperaba su jefe, así que salieron del lugar en un vehículo color arena que los llevaría a las instalaciones a iniciar su siguiente jornada.

Todo el día Arturo la observó, le enviaba miradas que hacían alimentar su estrés, pasaba cerca de donde ella estaba y le susurraba algún piropo suave, casi ocultándose en su oído. Llegada la tarde, al terminar el día, decidió salir a bailar con todos los del grupo y ahí se embarcaron en ese solaz emocionante, sensual, donde las mariposas en el ombligo son miles, donde no quieres ceder, donde esperas que el otro se tropie-ce, donde quieres que el otro sea el que inicie y apriete no solo el botón, sino que te apriete contra su pecho y casi te obligue a besarlo y que tú te resistas y que no te deje ni respirar y entonces sientas cada parte de su cuerpo frotándose sobre la tuya y que ya casi sin aliento le pidas más, hasta querer que te haga más que el puritito amor.

Todos estaban bailando con aquella música ensor-decedora, tomando cerveza y diciendo tonterías. Dia-na decidió que no permanecería ni un minuto más y salió del lugar; en seguida Arturo la tomó de la mano y caminaron hacia el *boulevard* y luego los siguieron otros más y todos riendo a grandes carcajadas se fue-ron a cenar, pero ellos dos ya se habían conectado, no era necesario decir mucho, expresar más, sus mentes estaban haciendo conjeturas y cositas, sus cuerpos ya se habían tocado con algunos pensamientos del día, su energía empezaba a fluir hacia un mismo horizonte, tan solo tocar un trocito de piel era pretexto para el éxtasis que estaba por comenzar.

Terminando de cenar partió a su habitación, esa habitación 301, donde por supuesto no permitiría que él penetrara, ni ahí; ni en ningún otra parte de su cuerpo.

—Te espero en la playa —le dijo. Él estaba loco por tenerla.

—Nos vemos pronto —ella pronunció.

Y así, casi una hora pasó y desquiciado Arturo esperaba impaciente, en el mismo camastro de la noche anterior. Diana llegó, lo abrazó por detrás, impregnándolo de su aroma a flores dulces mezclado con su perfume personal del plexo solar y así suavemente lo besó en el cuello, luego en la mejilla y dándose la vuelta cayo arriba de él; finalmente las bocas se volvieron una sola y en ese instante, lo paralizó, lo encantó y de nuevo se le escabulló y se perdió en el elevador a la habitación 301.

Al siguiente día, Diana no bajó a tomar el desayuno, pensativa en esa camioneta color arena que los llevaba de nuevo a otra jornada más, ella solo sonrió al conductor.

Un día quedaba para regresar ambos a su realidad, aun y cuando eran "libres" según ellos, fue hasta el último momento de ese día cuando estarían realmente juntos, aun sabiendo que después de ese viaje estarían también juntos; solo que con sus respectivas familias, cada quien en casa.

Diana pudiera parecer más dura, más estricta, de lo que era en la realidad. De hecho, era hipersensible y, después de todo, bastante vulnerable. Frente a la hostilidad, a menudo tenía tendencia a replegarse sobre sí misma. Evitaba los enfrentamientos; aunque si eran necesarios, los confrontaba. Siendo una mujer audaz, orgullosa, determinada, detestaba la injusticia, los halagos, la mentira, era totalmente capaz de mandar y de asumir cualquier responsabilidad, bajo cualquier circunstancia.

Diana había sido dotada de un espíritu innovador, necesitaba vivir sus propias experiencias. Era una mujer bastante compleja y cautivante. A menudo estaba dividida entre el lado egocéntrico, autoritario, exigente y, por otro lado, se encontraba en ella el altruista, idealista, el justo medio.

Enamorada siempre de su trabajo y de sus "actividades" externas, lograba encontrar el equilibrio en su relación con los demás, más nunca con su pareja.

Diana era calmada, disciplinada y reservada, autónoma, cuando era necesario, se revelaba como una hermana mayor excepcional, capaz de reemplazar a los padres.

Una parte de su esencia era ambiciosa, buscando siempre dirigir, ocupar el primer puesto en la vida y llamar la atención. Por eso, por algún tiempo siguió en contacto con Arturo, para sentir esa supremacía sobre él.

Le gustaba el espectáculo y necesitaba ser reconocida y adulada. La otra parte de ella era idealista y materialista, a la vez, expresando su sensibilidad a la posición, como también al confort que proporcionaba el dinero. Cualidad que debería tener cualquiera que osara pensar en ella y poseerla.

Diana, en lo sentimental, era exigente y pretendía dominar, era muy atractiva y sensual, celosa (del amigo, esposo, amante, vecino) e íntegra y, lo mejor, era bien fiel, claro, a sí misma, lo leal y franca eran sus segundos nombres, o terceros; en fin, cosa extraña, ya que siempre exigía lo mismo por parte de su compañero.

En el plano profesional, se mostraba ruda y brusca, características que en realidad ocultaban una gran generosidad y muchos sentimientos encontrados con la niña usada que fue y que jamás nadie conoció, esa versión de ella era parte de su pasado, un pasado que ella había cubierto con más de siete velos y que había eliminado de su memoria, pero sin embargo, ese pasado le daba la autoridad para vengarse del sexo opuesto, masculino, malo y perverso.

Así fue como Arturo fue tan solo uno más de aquellos que pagarían su deshonra, su infierno, su pecado.

Siendo las 8:30 p.m. ella lo vio ahí, lejos de casa, como cada dos meses, él esperándola y ella acudiendo a esos encuentros clandestinos, para seguir lavando sus culpas. Ese día sucedería el acabose, justo cuando Arturo estaba por encontrarla, la mano de…

Isabella

Isabella, si por eso le pusieron ese nombre, porque cuando alguien la veía decía: «Isa sí es bella».

Isabella siempre fue coqueta, sensual, muy carismática y hasta "linda". Tenía dos hermanas tan guapas y elegantes como ella, y a la vez tan diferentes, no solo físicamente sino mentalmente.

Isabella no terminó de estudiar su carrera porque se dedicó a trabajar, su madre no podía con todos los gastos, así que ella no pudo ser amante de la cultura y la preparación. Un soleado día, tomó su vida en sus manos y cerró la puerta educativa, decidiendo dedicarse a embellecer al mundo.

Con algunos destacados cursos de imagen inició su triunfante carrera en el mundo de la moda y modelaje. Según ella, ese mundo le pertenecía, así que ¿quién se lo quitaría?, nadie por supuesto, y menos por ahora.

Su padre supuestamente había fallecido muchos años atrás, es más creo que en realidad ella quería creer eso, que ese fallecimiento era de verdad, no soportaba la idea de enterarse que había sido ABAN-

DONADA, a su suerte, con su mamá, sus hermanas y no sé con cuántos más.

El ciclo de la vida es redondito y muy certero, así que un bendito o maldito día encontró una carta y después de leer las líneas en color azul claro, porque a partir de ese instante estaba todo muy claro, abrió su corazón y exclamó: «¿Por qué me abandonaste?, quiero, necesito, la respuesta».

En ese momento, cargando costales llenos de presión, estrés, angustia, cansancio y también de un poco de justicia, inició en ella un acto de revelación.

¿Por qué me dejaste? En realidad no le importaba el abandono de la familia, ¡no!, solo le importaba el suyo, el que ella estaba dejando sentir en su rutina, esa rutina que le estaba jugando una mala pasada.

Y así inició una búsqueda insospechada, las preguntas directas a su madre manipuladora se hacían más continuas, intensas, con mucho desconsuelo. Su madre, una mujer astuta y muy bella también, solo le dejaba entrever alguna mínima respuesta, y así avanzaba el tiempo, soltando solo un pedacito de historia, de memoria, de humillación, de soberbia; deshilando en pasitos, la verdad de su libro terrenal.

Así fue como el ruido de ese recuerdo no dejó lugar en toda la casa de la familia Bonet a partir de ese momento.

Isabella descubrió en una carta que su padre tenía un nombre diferente al que su madre le había mencionado durante todo ese tiempo, todo ese tiempo que la psique le recitaba: «¡**Yo quise ser buena!**».

Gerónimo Bonet no era Gerónimo sino Antonio Bauzá. Así que tenía que buscar a un tal Antonio Bauzá. Entonces, ¿por qué ella se llamaba Isabella Bonet?, ¿de dónde había salido ese apellido?, todas en casa eran Bonet, es más, ya no sabía quiénes eran todas las que estaban en casa y por qué su madre no había dicho absolutamente nada.

Sus atributos le habían regalado una legión de hombres a sus pies, hombres que no le servían para nada; porque ella solo quería a uno, solo al que le había dado esos genes, esa presencia, esa elegancia, que la hacía ser así, aun no sabía siquiera si la vida misma le daría alguna pista, pero lo que sí le dio fue la fuerza para ir tras él y encontrar aquellas respuestas.

Después de indagar y de una extenuada búsqueda de aquel mentor, de preguntar, de investigar y utilizar magistralmente la tecnología, por fin se dio el milagro.

Un día Isabella llegó a la casa de la esquina entre las calles Juan Escutia y Allende, y justo ahí vio grabado en un trozo de talavera el #34, y a renglón seguido el nombre: Familia Bauzá. El corazón tomó carrera, la visión se tornó nublada y un torrente de neurotransmisores golpearon el abdomen plano y firme de Isabella. Observó atenta cada pedazo de esa vivienda, tratando de descifrar un misterio, algo, solo algo que le permitiera conocer un poquito de esa familia. De repente, virando la cabeza un poco más arriba, observó a un hombre con una bata gris, así como la mirada perdida de ese sujeto. El pecho se le salía, el *brassier* le estorbaba, el sudor de sus manos iniciaba la ansiedad. ¿Quién era ese hombre metido en una casa a las 11:15 de la mañana con la mirada en el sol, con un "tic" en el brazo izquierdo y la mano derecha aferrada a un bastón?

Acaso sería Antonio Bauzá, acaso era él, o quizá un visitante más de la morada.

De repente se abrió la puerta principal y una señora salió rápidamente, y apresurada se subió al vehículo estacionado en un pequeño garaje. Isabella solo observó, dejó de respirar por un momento tratando de encontrar un argumento, de escuchar alguna conversación, de percibir quiénes eran esos personajes. La mujer, ya en la calle, gritó: «¡Papito, regreso pronto!», y el hombre, aun con la mirada perdida y el tic en el brazo izquierdo, no giró la cabeza.

Los latidos del corazón de Isabella, los pensamientos y las emociones iniciaron una carrera, ¿quiénes eran?, ¿y ahora tenía una hermana? ¿O quizá otros hermanos?

De repente el hombre se retiró de ese ventanal y tembloroso y muy lento dio unos pequeños pasitos, tardándose para perderse. En ese preciso instante Isabella pronunció las mismas palabras que la mujer anterior: «¡Papito, regreso pronto!».

Particularmente secreta y reservada, Isabella parecía muy misteriosa. Era una persona introvertida, que tendía a hacerse muchas preguntas. Es verdad que, más que cualquier otra, Isabella tenía un sentido profundo del análisis cuando necesitaba obtener algo. Poseía cierto espíritu crítico, lo que hizo que se interesara no en las ciencias exactas si no en tratar de arreglar el mundo ajeno, primeramente, y luego el suyo.

Isabella necesitaba estar ocupada con actividades deportivas, humanitarias e intelectuales, si no, podría pasar por estados de ansiedad que podían perturbar su vida, pero no era algo de lo que debía avergonzarse, solo la hacían sufrir en silencio, lo cual era bastante lógico en una persona hipersensible y con tanto bagaje en su historial.

Isabella no era nada elitista, ni determinaba sus elecciones en función de sus afinidades espirituales o intelectuales. Para ella, la amistad era sagrada, y estaba lejos de cualquier tipo de superficialidad. Sin embargo, era también un tanto solitaria.

Isabella tenía mucha intuición y a menudo tenía presentimientos y premoniciones, incluso podría haber sido una médium. Buscaba adquirir sabiduría. A veces tímida y emotiva, se encontraba desarmada frente a las dificultades de la vida, cuando de sus ancestros hablaba o alguien le hacía una pregunta sobre su padre y sin saber por qué, sentía el pulso acelerado, dolor en el pecho y una tensión muscular a veces dolorosa que la hacían minimizar sus capacidades. Ella huía de los enfrentamientos, por eso se sentía atraída por movimientos que compartían sus mismos ideales, las fundaciones, los centros de apoyo, y todas esas ayudas comunitarias que para ella eran solo bálsamos de quietud.

Cuando niña, Isabella mostró una gran fragilidad emocional y a menudo una vitalidad disminuida, siempre tratando de no pensar en papá. Necesitaba del sincretismo con su medio familiar para su equilibrio, aun sabiendo que no estaba dentro de esa familia que añoraba en sueños, la desarmonía y la separación entre sus padres tuvo efectos desastrosos sobre su desarrollo, sobre todo entre los cinco y doce años. Pobre Isabella, todavía recuerda aquella noche que papá se despidió, él prometió que volvería por ella y un abrazo fue el sello de esa triste noche de noviembre.

Soñadora y alegre, siempre hizo preguntas desde muy pequeña, a las que siempre le negaron la respuesta, sin embargo ella nunca se cansó y a sus escasos treinta y tantos continuó con el interrogatorio, siendo este enmarcado de madurez, contundencia y ahora hasta un tanto exigente hacia su madre.

A Isabella le gustaba el secreto y la tranquilidad, sintiéndose atraída por el esoterismo, la metafísica, la meditación o cualquier tema que saliera de lo común y viniera a colmar su cuota necesaria de serenidad, luz y sosiego en esas cuevas del desamparo. Sentimentalmente, se ilusionaba con quimeras, buscando en todas ellas al hombre ideal, ocasionando dificultades para concretizar su sueño. El no formar parte de lo central o, más importante, la hacía correr el riesgo de conocer la soledad, aunque se trataba de una soledad de a "dos" y de hasta "tres" algunas veces.

La realidad es que no era fácil colmarle sus aspiraciones, porque ella decía que había nacido para que "papá" la protegiera, cuidara y le diera todo, absolutamente todo lo que necesitaba y quería.

Isabella decidió estudiar la disciplina que investiga los procesos mentales de los seres humanos, para así sanar la dolorosa partida del hombre que un día le enseñó la vida y la muerte, porque antes de que ella pudiera regresar a verlo de nuevo, a esa casa de la Condesa con el #34, una fuerte punzada en el corazón le dio el aviso de que Antonio Bauzá había partido más allá del firmamento, por eso, sí, por eso también le enseñó la muerte.

Finalmente un hombre la abrazaba y decía al corazón esa frase directa del más acá, porque acá es donde ella estaba.

"Isabella, no llores a quien se fue, ama a quien te regaló la vida para que estés aquí conmigo".

Todavía no sabe si lloró poco o mucho su partida ahora de adulta, lo que sí reconoce es que como niña aun a veces sigue llorándole a papá, su héroe, su guía, su avatar, a su Antonio Bauzá.

—Señora Isabella, la buscan en la puerta, traen un paquete y un arreglo floral —exclamó el mayordomo.

—¿Arreglo floral? ¿De quién serán las flores? —preguntó Isabella con voz pausada y gesticulando una sonrisa.

El mayordomo contestó consternado:

—No lo sé, no tienen tarjeta, sin embargo junto con ellas está un…

Vanesa

Salió de la oficina de su jefe, aun con lágrimas en su corazón, porque en los ojos nadie pudo observar lo que le habían anunciado.

Fue directamente al primer piso, donde estaba su oficina, aquella que por diferentes circunstancias era una fiel testigo de todo lo acontecido en ese empleo.

Se sentó en su silla negra giratoria y eso fue lo que hizo, viró la silla para ver el ventanal y despedirse de aquel paisaje. El silencio empezó a escucharse, estaba ahí, sentada, con la mirada en todo y en nada; tendría no más de dos semanas para partir de ese lugar, de ese espacio, de ese pedazo de vida, finalmente se había acabado la página, ya no había más renglones para continuar escribiendo nada más.

Después de casi treinta minutos con ella misma, empezó a enviar algunos correos, solo a los más cercanos, que por supuesto eran aquellos que estaban más lejos del edificio, su amiga, su padre, su hermano, su hermana, su amigo, su… Y así le dieron más de las dos de la tarde.

En ese momento Vanesa recordó que tenía un viaje pendiente, por supuesto que lo haría, era lo último que le quedaba de ese episodio.

Con todo lo que tenía y con ese resto de orgullo que le quedaba, pensó que era mejor despedirse ella misma de aquellas personas que valían la pena, que eran realmente pocas, así que le daba tiempo perfecto para hacerlo con valentía.

Se levantó y con una respiración honda y profunda se hizo grande, salió hacia el pasillo, ahí la "gente" y las paredes ya estaban susurrando el evento, imprimió una sonrisa en el rostro, y con la cabeza erguida, su vestido azul muy lindo, que no sabía nada, y sus botas color miel, salió hacia el tercer piso.

Caminó al elevador y ya subida en él, saludó a Jaime y a Ramiro, decidida estaba de despedirse de aquellos que un día dudaron de su capacidad y que solo el tiempo y su desempeño habían puesto en su lugar.

Llegó a la oficina de Darío y exclamó un poco dudosa y a la vez herida:

—¿Puedo pasar? —Y abrió la puerta color vino, aquella puerta que en algún otro momento solo había escuchado de ella risas y algo más.

—Por supuesto, ¿cómo estás? —respondió Darío dirigiéndose hacia donde ella estaba como estatua.

—No muy bien, en realidad no sé cómo estoy —contestó, sintiendo que su rostro empezaba a desgajarse.

—¿Te puedo ayudar? —escuchó decir a Darío mientras la tomaba del brazo y la dirigía hacia una de las sillas frente al escritorio de cedro.

—Acabo de aceptar que me despidieron. —Entonces se desplomó en esa silla, que escuchó todo su dolor.

—¡¡¡QUÉ!!! —Él se acercó hacia ella.

—Me hablo Estephano Salcido, mi jefe, y me dijo que en dos semanas necesita mi puesto y mi oficina.

—¿Pero por qué? —con su voz varonil le preguntó, gesticulando una cara de sorpresa.

—En realidad las cosas en esa área estaban finalizando y él, por supuesto, no quiere pedir mi transferencia a otra dirección, es el más egoísta, así que prefirió cerrar el área —explicó Vanesa con la mirada perdida en un fólder azul con letras grandes que decía: "Adaptabilidad al proceso", palabras que se sentaron en su mente.

—Pero y Rodrigo Becerra, ¿qué dice?, ¿hablaste con él? ¡Siendo el jefe de tu jefe, tendrá algo que decir al respecto!

—Por supuesto que Rodrigo sabe lo que sucede, pero ya no quiero hablar, solo quería que lo supieras. —Y una estela de nostalgia salió de sus labios, tratando de sonreír o buscando un poco de… algo que la hiciera sentirse un poco menos desalentada.

—¿Quieres que vea en otras áreas?, ¿que hable con alguien?, ¿cómo te ayudo? —dijo Darío. Sus palabras eran muy honestas. ¡Vanesa rogaba que fueran honestas!

—Así como estás —exclamó Vanesa—, solo preocupándote por mí me ayudas, me alegra saber que aún hay "personas" en esta empresa —contestó ella, posando su mirada nuevamente en el escritorio café chocolate con expedientes, cartas y un marco con la foto de la familia de Darío y de nuevo el fólder azul y la frase: "Adaptabilidad al proceso".

En ese momento Vanesa sintió que le estaban pasando factura de aquella plática por la mañana, su cabeza y corazón comenzaron a correr a gran velocidad, un torbellino de preguntas oscilaban estrepitosamente, se sentía tan vulnerable; qué sucedería realmente a partir de ese momento, momento que meditaba marcaría su vida.

Al dirigirse hacia la puerta ella se despidió de beso; beso que fue correspondido por él, no en la mejilla sino dejando impreso en sus labios una sutil caricia de solidaridad.

Realmente no le tomó importancia a nada en esos instantes, su mente solo giraba en un trozo de vida, mil, diez mil, miles de preguntas empezaron a destrozarla; ¿qué haría?, ¿dónde encontraría trabajo? y justo en esas, las peores fechas. ¿Por qué?, ¿qué había hecho mal?

La realidad: nada estaba hecho mal y ese había sido el problema; lo que había hecho a lo largo de tantos años, siempre estuvo bien. Ahora con el corazón destrozado se decía: «¡**Yo quise ser buena!**».

A veces cuando haces lo correcto, te hacen lo incorrecto. ¿Qué ironía?

Ella que pensó que estaba de lo más segura en esa posición laboral, era la posición más endeble, porque cuando estás muy arriba, cualquier descuido o piedra de tropiezo, te hace rodar y pierdes hasta lo que no has entregado.

La vida o, mejor dicho, el Licenciado Salcido, le quitó un trabajo, un empleo, una jornada de estrés, tiempo de angustia, una de las faenas más pesadas de su vida.

Así fue como empezó a aceptar esa renuncia obligatoria, finalmente el "No quiero", No me interesa, No soy de esa clase de personas, No me obligues, No insistas, ahora No, No por favor, de veras No, qué parte de No no has entendido, se liberarían de su vocabulario cotidiano y de las jornadas laborales.

Un aroma de acoso, ¿acaso?

Es así como ella no se dio cuenta que más que un despido, era una "acogida", a todo su Ser; incluyendo su cuerpo, su boca y todo lo demás, porque después de ese beso sellado, Darío buscó cualquier pretexto para hacerle más fácil su salida de la empresa en aquellos días que le quedaban.

Vanesa no recuerda cuántas veces fueron a comer de despedida. Él le preguntó qué sucedería cuando ya no se vieran en el trabajo, ella solo lo abrazó y le susurró muy cerca de su mejilla y oreja: «Ahora hazme olvidar, como hace un rato».

Y así, con ese don magistral, Darío, aun y cuando no era nada guapo, le entregaba dosis de olvido, muy reconfortantes para esos momentos.

Cuando todo parecía acabarse y tornarse obscuro, una pequeña luz de pasión alcanzó los estados más excitados de Vanesa.

Vanesa, una mujer inteligente, sensible y afectuosa, era la imagen que daba a primera vista. Con su fuerte personalidad, con tendencia a ser enérgica, posesiva y ambiciosa, sabía imponer sus puntos de vista.

Su carácter personal y egocéntrico no siempre le caía bien a quienes la rodeaban. Quizá por eso, para sus superiores era un peligro permitir que siguiera brillando como lo había estado haciendo desde hacía unos años atrás. Sin embargo, algunas veces sabía aparecer como una persona tímida, reservada, dulce y conciliadora.

Vanesa magistralmente engatusaba o manipulaba a las personas y las situaciones se convertían en sus mejores aliadas.

Su mayor placer era dar órdenes y dirigir. Celosa, caprichosa y autoritaria, no era nada fácil manejarla. No obstante, la vida afectiva y familiar le resultaba indispensable.

La autonomía, la independencia, el coraje y el sentido de la responsabilidad para ella eran verdaderas virtudes para afrontar la vida, como escudos en el pecho.

Sin embargo, había que temer si se dejaba llevar por la impaciencia, la agresividad, la intolerancia y las pasiones desordenadas sin control.

Sensible a los signos exteriores de riqueza, siempre le gustaban las cosas bellas, objetos caros, el lujo, el dinero, lo ostentoso la perseguía de noche y de día, era una diva y como tal así lucía su exterior, siempre refinado, delgado y fino.

Vanesa odiaba la mediocridad y menospreciaba a quienes consideraba perezosos y vacilantes, apreciaba particularmente la franqueza y era directa en sus relaciones con los otros o con el otro, a pesar de que a ellos, los otros, no siempre les agradaba su sinceridad.

Siete meses después, en una empresa diferente, pasado el tiempo y Darío, Vanesa se encontraba en una reunión de trabajo, dentro de un traje sastre gris claro, una linda blusa que mostraba sus atributos firmes y perfectos, unos tacones altos demasiado seductores, las piernas bien bronceadas y la buena dicción que la caracterizaba, así como la experiencia en ese puesto que hacía que nuevamente el poder masculino quisiera le mostrara algo más que una presentación.

Vanesa aprendió a dar de comer a los leoncillos mediocres, calmar a las fieras laborales, domesticar a los cachorros amigos, patear a los gatitos doble cara y a morder o besar a las bestias superiores y lo más interesante y atrevido fue cuando estando en camino por el pasillo a la reunión anual del Corporativo donde ahora trabajaba, abrió la puerta de hierro y su mente visualizó cómo a solo instantes al ver a todos esos ejemplares del sexo masculino, emplearía de nuevo magistralmente el arte de…

Genoveva

Ahora te contaré que no todo fue hermoso y angelical, también hubieron días de lucha interna, días enteros de preguntas sin respuestas correctas, es más, sin respuestas.

Organizó su vuelo para poder llegar a esa ciudad pequeña y ruidosa, esa tierra que sería la cómplice de su mal comportamiento, de su libertinaje, de su lado completamente oscuro.

Caminó hacia la salida, estaba dudosa, sudorosa y espantosa, según ella. Y sin embargo se sentía ganosa, ardiente, miles de sustancias en su cuerpo producidas por la adrenalina, recorrían toda su anatomía.

Al final de la salida observó que ahí estaba él; el hombre encargado de que ella moviera toda esa travesía para su encuentro. Era guapo, seductor, sensual, joven, muy atractivo y, lo mejor, quería jugar su juego, él; iluso, pensaba que estaba pintando el mundo a Genoveva, sin saber que gastaba su energía en depositar placer fresco, blanco, puro, en el cuerpo de esa "belleza", como él le decía.

El gusto por lo prohibido y el hacer malabares para una cita furtiva era lo más excitante en su corta vida de gigoló.

La tomó del brazo, deslizó la maleta y le indicó dónde estaba la salida para ir al auto deportivo blanco. Carajo, ni siquiera le dio un beso, ¡cómo!, quizá que alguien podía verlos, así que ella rápidamente le dijo: «Necesito, me urge un baño».

—¿Quieres pasar aquí mismo? —exclamó el "fulano".

—¿Pasar aquí mismo, a dónde? —ella preguntó sorprendida.

—Pues al baño, ¿eso dijiste, no? —le explico él.

—Lo que quiero decir es que me quiero bañar, llevo todo el día en aviones trasbordando y estoy fatal —ella contestó malhumorada y un poco harta.

—Está bien, tranquilízate, vámonos ya —él dijo con gestos de irritación también.

Salieron de ese pequeño aeropuerto que fue testigo de un absurdo total, porque ya en el auto, él le preguntó a qué hotel quería ir.

—Tú sabes a donde ir, yo no conozco estos lugares —replicó ella un poco cansada.

—¿Quieres un hotel caro o barato? —le preguntó al tiempo que ponía el motor en marcha.

Ella no lo podía creer, no por favor, no era cierto; estaba escuchando que él le decía que estarían juntos y después de todo lo que había hecho para estar con él, ¡¡¡estaría pagando ella el hotel!!!

—A ver, ¿a qué te refieres con si lo quiero caro o barato?, los dos vamos a estar ahí, así que vamos al hotel —contestó Genoveva encabronada.

Ya en el auto y camino al famosísimo "hotel", él preguntó cómo había estado el viaje.

La charla fue corta, llegaron al hotel, él pidió el cuarto y le dijo que eran setenta dólares. Ella movió ligeramente la cabeza, respiró profundo y sacando efectivo, le dio el dinero.

Les asignaron la habitación marcada con el número 202, entraron a ese cuarto rosa pastel, jodido, pequeño, con una cama vieja con una colcha desteñida y vieja también.

—Voy a bañarme, dame unos minutos —dijo ella.

A pesar de que todo estaba de la chingada, ella supuso que sería divertido bañarse y… pero él no quería bañarse, así que bajó la tasa del W.C. y se sentó, esperando a que ella terminara de sentirse "limpia", aunque realmente después de ese baño, se sentiría más sucia de como llegó.

A él le gustaba observarla a través de la cortinilla traslucida, mugrienta y pegajosa del baño, al tiempo que le hacía preguntas, le contaba cosas graciosas, etc. Él pensaba que eso era divertido y ella, que era una completa estúpida al estar ahí. Pero su ego era más poderoso que "eso", así que no le dio importancia.

Se cubrió con una toalla y pensó que lo mejor vendría enseguida, pero no fue así, esa noche pasaron muchas cosas, muchas, menos lo que ella quería. Ella había esperado sentirse la mujer más satisfecha aun y cuando sabía que él no podría darle eso que ella necesitaba y que durante años seguía buscando.

Se alistó y salieron a "tomar algo", sí, por supuesto que tomaron algo: el aire y quizá una cerveza, porque él nuevamente le pidió que pagara.

¿Genoveva, que estás haciendo aquí?, se preguntaba, ¿qué carajo haces con este imbécil? Bueno, es imbécil pero es guapo y hace lo que le digo, y eso supongo tiene un precio, me gusta saber que yo tengo el poder y hace lo que yo quiero como y cuando quiero, el solo hecho de saber que depende de mí, me excita, es más: si trueno los dedos, él va a mi encuentro, eso me apasiona, me vuelve loca, poseer a los hombres, humillarlos un poco, y disfrutar lo poco que dan, porque si algo sé, es que casi no dan nada.

Finalmente, ya no regresaron al pinche hotelito de novena o décima, porque ella decidió que esperarían a que dieran las cinco de la mañana para ir al aeropuerto, para así ella regresar a casa.

Y así fue; subida en el auto negro, muy bañadita, y escuchando a los Caifanes, se dirigieron camino al aeropuerto.

Cómo recuerda aquella canción, y la estrofa de: *"Afuera... Afuera tú no existes, solo adentro"*. Pero esa noche ni siquiera adentro, porque él, ni nada de él, entró a ningún lado.

Se bajó del auto, él le dio un beso en la boca, ella solo le susurró: «¡Nos vemos pronto, bonito!». Caminó lentamente y se abrieron con rapidez las puertas de cristal de ese aeropuerto que alcanzaba a distinguir la personalidad fuerte, profundamente humana y altruista, siendo también bastante triste estar ahí, buscando lo que ella no sabía que ya poseía, porque cada paso que da un buscador, sea cual sea la dirección, es un paso hacia su interior.

Para Genoveva las grandes protagonistas de toda su vida: las gratas fantasías, estaban compuestas de hipersensibilidad, fragilidad emocional, dependencia y compasión.

En su infancia, Genoveva fue afectuosa y encantadora, siempre dispuesta a complacer, particularmente receptiva a la atmósfera familiar que había escuchado como un monólogo, porque la comunicación siempre estuvo ausente, pero también fue impregnada de historias con ella misma, donde pensaba: «**¡Yo quise ser buena!**». Porque más de una ocasión su madre la había regañado al estar meciéndose en una pequeña silla, pareciera una silla normal, pero para una niña de siete años era una diversión y una delicia sentir como que algo pasaba en su cuerpecito, algo que no sabía qué era, pero que era mejor no preguntar a mamá, porque podría de nuevo enojarse y castigarla ella y Dios.

Genoveva aprendió a ser muy amorosa, amante de la fantasía, de lo maravilloso y de lo irreal, era poco materialista, se refugiaba en sus sueños para huir de ciertas vivencias materiales poco apasionantes y verdaderas. Por eso, se veía atraída por los misterios, lo extraño y todo lo que estimulara su necesidad de evasión y de no comprometerse, pero, a la vez, de llevarla a la gloria total.

Para ella, la música también representaba una distracción agradable, era una forma de gritarle al mundo que ella tenía el control. Un control de novela romántica, cursi, fantasiosa y muy imaginativa, ese era uno de sus talentos: la creatividad de visualizar historias y llevarlas a cabo, eso la hacía crear su realidad.

Genoveva siguió haciendo algunos viajes más con "él" y con algunos otros seres, para así seguir demostrándose cómo aun su poder y dominio podían traspasar las edades más vulnerables y experimentadas.

Pasó el tiempo y Genoveva conoció a alguien, se casó, tuvo dos hijas y de repente la línea telefónica era la mejor amiga para escuchar decir alguna que otra instrucción a ese tipo o a algún otro, prometiéndoles y prometiéndoles siempre verse nuevamente, allá afuera, porque como ella solía decir: «Afuera tú no existes, solo adentró».

Y justo saliendo de la reunión de mediodía, Genoveva escuchó el timbre particular de su celular, ella no contestó al ver el nombre en el identificador.

Al llegar al piso once, donde se encontraba su asistente, esta le comentó que la estaban esperando en su oficina, ella abrió las puertas grandes de roble trabajado, y muy sorprendida, justo ahí se encontraba la menor de sus hijas de 18 años, realmente contenta, feliz y con el rostro sonriendo e iluminado, platicando con...

Elizabeth

Salió del supermercado con su hijo menor en brazos y empujando un pequeño carro con bolsas color estraza.

El menor de la descendencia de cuatro, tenía tan solo 18 meses, aun no se acostumbraba por completo a funcionar como madre 24/7/365.

Acomodó al pequeño Andrés en el auto y con el cinturón bien puesto, posteriormente sustrajo del carro del súper las bolsas y las dispuso en la parte trasera de su vehículo color plata. Esa camioneta era linda y fina, cualquier persona estaría maravillada y asombrada por tenerla, menos Elizabeth; ya no le sorprendía casi nada, estaba perdiendo esa lozanía por admirar la vida.

Eli, Elizabeth, Eli, corría todo el tiempo, cuando despertaba, cuando se iban los niños, cuando estaba sola, cuando salía, cuando su marido le marcaba, cuando llegaban de nuevo, cuando los preparaba para dormir, cuando tomaba algún alimento, cuando regresaba de alguna "vuelta", y hasta cuando dormía, soñaba que corría.

"Corre Eli corre", así diría su lapida, si es que podían ponerle algo, pues como estaba corriendo, seguro que ni eso se podría. ¡Qué barbaridad! Cómo podía hasta ese momento reírse de sí misma. Pues sí; tenía que hacerlo porque si no, estaría realmente en problemas existenciales.

Eli había soñado en alguna ocasión ser una excelente periodista y reportera de noticias, su vida en ese aspecto le había hecho tropezarse, finalmente no estudió la carrera de comunicación, pues tuvo que elegir otra más rápida para generar ingresos, ya que según ella no tenía tiempo para esa curva de aprendizaje. Sin embargo aprendió que si las cosas no las haces rápido, estas se te pueden escapar. Y si se te escapan: perderás tiempo y el tiempo es lo único que no puedes comprar.

Así que con todas estas telarañas en su mente inconsciente, se deslizaba todos los días en un veloz viaje en la tierra.

Eli nació: cuándo y cómo, no lo sabe, luego se casó; con quién y cómo, tampoco lo recuerda, y luego fue madre; de quién y de cuántos, bueno eso sí lo sabe, porque cada vez que hace algo rápido, alguien le contesta así como ella, rápido.

Un día Eli tuvo un sueño, en él ella estaba a punto de alcanzar el cielo y como ese día se quedó dormida de tanto cansancio por correr y correr todo el tiempo, no alcanzó a entrar ahí, con miles de preguntas y culpas, de repente se despertó de nuevo en su vida cotidiana.

—¿Qué me pasó? ¿En dónde estoy? —exclamó consternada.

—Mi amor, estabas manejando muy rápido y tuvimos un accidente, no lo recuerdas —dijo su madre tomando su carita entre sus manos.

—No —ella solo pronunció esas dos letras.

—¿Y los niños?, ¿dónde están?, ¿qué les paso? —Eli con una voz lenta exclamó.

—¿Cuáles niños?, ¿de qué hablas mi amor? —exclamó su mamá asombrada—. Ahora descansa —su madre indicó con suavidad.

Eli con algunos años a cuestas estaba haciendo preguntas muy extrañas, la gran carrera de Eli, ya había hecho una vida, esa afición por correr por todo, había hecho que Eli tuviera ya una vida creada en su pequeñita mente.

Empezó a ver su cuerpo, aun de niña y su rostro infantil, inmediatamente pidió un espejo grande, necesitaba percibirse por completo, pero también pidió un espejito de mano, necesitaba observar el corazón, ese corazón que estaba corriendo tan rápido durante ya más de diez años, el marcapasos, estaba bien, su corazón estaba bien, ahora entendía por qué ella seguía corriendo, y justo cuando trató de comprender qué estaba pasando llegó como una asesina sin piedad aquella pregunta, su madre besando su bello rostro y cargada de un contenido conmovedor escuchó:

—Mami, ¿por qué me veo como una mujer?

Eli era bastante extraña, con una personalidad particular. Esto era porque a menudo permanecía reservada y le gustaba cultivar su misterio, o porque iba por la vida sin ocuparse obligatoriamente de las modas o de los usos y costumbres. Este ser humano enigmático era particularmente afectivo, aunque no siempre sabía expresarse plenamente.

Era a la vez, cerebral, introspectiva, reflexiva, incluso intelectual, y muy móvil y activa, al punto de estar en todos lados, porque con la mente que poseía decía que estaba en todos lados.

Sociable, curiosa, impulsiva aun y cuando no siempre era paciente, mostraba en el fondo una inquietud y una desconfianza que hacían que se replegara sobre sí misma, siendo cien por ciento reservada.

Cuando pequeña, era simpática, encantadora e inquieta, pero su receptividad y su intuición estaban muy desarrolladas.

Elizabeth quedó con varias heridas frustradas, por lo que se le veía todo el tiempo con esa dualidad, introvertida, refugiándose en sueños o en estudios, huyendo del mundo, corriendo siempre y todo el tiempo y reprimiendo su sensibilidad, sus sentimientos, porque ¿cómo se podrían tener miles y miles de sentimientos con tantos pensamientos dando órdenes y mermando su existir?

Eli buscaba, ante todo, el contacto con los demás, y por eso se mostraba suave, cordial, servicial y conciliadora. Al tener un profundo sentido de la amistad, se revelaba como una excelente confidente, con una escucha atenta, claro, aun cuando estaba en un mundo lleno de inquietud. Tenía varias compañeras de viaje, en la India platicaba con Manjit, con quien siempre estaba alegre; en Japón con Chihiro, su confidente; y con Lola, la argentina, casi su hermana, en todo momento. Le gustaba indagar, preguntar, por eso hablaba tanto con ella. También solía decir que con Asenka, la rusa, salía por las noches, con la cual tenía mucha creatividad para hacer "travesuras", que la hacían pronunciar: «¡**Yo quise ser buena!**, de verdad yo quise».

Todas ellas estaban en diferentes momentos con Eli, solo ella las conocía, solo ella las veía en su mundo de cuentos.

Eli pasó varios años tratando de crear nuevamente su vida, de descifrar cómo había ocurrido el accidente, respuesta que un día llegaría a tocar la puerta de su alma.

Su madre trataba de explicarle en silencio, con los brazos de su hija prendados a su cuello, ayudándola día tras día a levantarse de la cama para salir a tomar el aire fresco, para hacer menos dolorosa la repugnancia que sentía al percatarse que no se movía de aquella silla.

Mientras tanto, Eli empezaba su carrera para alcanzar de nuevo el mundo que se había ido hacía varios, muchos años antes.

Finalmente, con el rostro impregnado de amor incondicional, tomó la responsabilidad de ir con pausa en esta segunda oportunidad que la vida, el universo, en una palabra: DIOS, le había regalado.

Mientras ella permanecía observando un punto fijo, de nuevo su mente empezó la carrera, tenía que vestirse y salir a dejar a los niños al colegio, hacer las actividades cotidianas.

—¿Y dónde están mis hijos? —de repente preguntó.

Unas manos la tomaron con fuerza y una voz exclamó:

—Tranquila, mami, todo está bien. Soy yo, tu hija, Elizabeth. El doctor llegó hace unos minutos, voy a explicarte, lo que sucede es que…

Julieta

La pequeña palmera se doblaba como trapo de un lado al otro sin sostén alguno, el viento la abrazaba fuertemente tratando de besarla, y ella solo se dejaba querer.

El día, el clima, el momento hizo que Julieta devastada escribiera estas líneas para aquella persona a la cual le estaba confeccionando un infierno.

Primera carta:

Parecía como si tuviera balines con peso en todo mi cuerpo, cuando estaba a punto de ir al sitio adecuado a pronunciar las palabras, estas se dispersaban, no podía, lápidas pesadas de instintos dormidos por décadas, es como si una neblina emocional me impidiera pronunciar aquella palabra, ¿por qué me cuesta tanto?, ¿por qué me pesa tanto?, ¿por qué me duele tanto?, ¿por qué me bloquea tanto?, ¿por qué no puedo resistirme a mí misma?, ¿por qué esa excelencia a continuar siendo lo que por mucho tiempo fui y me persigue todo el tiempo? Aun no lo sé, podría pensar que es la edad, tal vez el cambio hormonal o quizá qué; no lo sé realmente, por momentos me lleno de luz y luego todo se nubla, se obscurece, y me llega la molestia, el hastío, el aburrimiento y, finalmente, me muero lentamente en la indiferencia.

¡Perdóname! Perdóname, por favor perdóname, lo siento, ya me cansé y no sé cómo levantarme a veces, tan solo dejo que el aire me absorba y luego me tire por ahí, estoy muriendo emocionalmente, estoy atorada y no me puedo desatar, lamento que estés metida en este nudo, pero hay que desatarlo porque está haciéndose muy delgado y se puede reventar... y así me digo a mí misma:

Cambia, transfórmate, toma el control y renace; deja de juzgarte, de hablar contigo, deja de pensar en los demás y penetra en las profundidades de aquello que te dio la vida.

Nadie, Ninguno, Necedad, Necesidad, No, Normalmente, Nostalgia, Noria, Nada, Nena.

Julieta

Posteriormente con un poco de paz y luz en su alma, escribió lo siguiente:

Segunda carta:

Para que lo bueno entre, debe haber espacio, estoy en proceso de reconstrucción, había perdido mi lozanía, mi brújula dejó de funcionar por un lapso de tiempo.

Lo más importante es reconocer qué está pasando.

Quiero informarte el día de hoy, sí, con ese sentido, un sentido informativo, que los procesos hormonales que estoy experimentando han sido más fuertes que mi mente y mis pensamientos, y, como una calculadora, todo cuenta: la edad, la distancia, la tristeza, el silencio, el coraje, el reproche, los malos recuerdos, en fin, todo ayuda para que el barco se hunda, no hace falta un golpe, no; no es necesario, tan solo con la densidad dentro, es más que suficiente.

Hoy en este día te quiero pedir ¡PERDON!, perdón por lo que te he dicho, por lo que no te he dicho, por lo que pienso, por lo que critico, por lo que envidio, por lo que no quiero hacer, por lo que me duele, por lo que amo, por lo que no he sido.

Perdóname, la vida me ha permitido encontrar este camino para poder decirlo y hoy siendo un día especial, porque con esta fecha memorable me acordaré que puedo equivocarme y que si eso sucede, debo reconocerlo y aprender de eso y pedir perdón.

Gracias por compartir este proceso "enfermo" conmigo, no tienes ninguna necesidad, solo es que así sucede, estoy trabajando en esta reconstrucción para que los cimientos no sean emblandecidos por esas tormentas emocionales que llegan por temporadas, causadas por tan efímeras excusas de mi naturaleza humana. Porque además de mi miedo personal; esta ese miedo del Mundo que hace discursos amenazadores e inciertos a través de las acciones.

En los momentos más desolados, observo la consciencia de mi propia luz, en este camino tan transitado, a veces un poco oscuro por la venda de todos estos años, y también por las decisiones tomadas, y sobre todo por las que no he tomado aún y ya no tienen espera.

Julieta

Para poder marcar estas líneas necesitaba estar fuera de su yo cotidiano, necesitaba estar despierta y dispuesta a casi todo. Julieta era más bien autoritaria, con un carácter muy colérico. Ella tendía a imponerse en la vida, y a menudo parecía tajante, incluso altanera y orgullosa. La riqueza le servía para cubrir esa serie de carencias lujosas, en las que ella había puesto su fe.

Segura de sí misma, podía tener a menudo aires de grandeza, más aun siendo sensible a los signos exteriores de abundancia, estas tendencias, unidas a una cierta voluntad de triunfo, la hacían buscar rutas de envergadura con falsas fachadas. No podía quedarse quieta, se mostraba activa y dinámica siempre pensando qué hacer. Sus resultados no siempre estaban a la altura de sus esfuerzos ya que eran algo desenfocados y en ocasiones tenían un espíritu confuso de fracaso, según ella.

Julieta fue curiosa, entrometida y pasaba fácilmente de un tema a otro, sin llegar necesariamente hasta el fondo de las cosas, le gustaba el cambio y tendía con frecuencia a cuestionarse, lo que acarreaba algunos riesgos. Ella prefería esto a una vida rutinaria y monótona que la aburriría rápidamente. Le encantaba su libertad y siendo feminista empedernida abogaba por los derechos de las mujeres, se sentía la heroína al vencer la necesidad de la autorrealización. Aún recuerdo cuántas veces se ponía frente al espejo y pronunciaba sus discursos sobre el bienestar de la mujer despierta y dormida; porque ella sabía que en varias ocasiones se sorprendió estéril, abrazando su sombra inerte en una cama ancha y grande con aroma a falta de sexo.

En su proceso de vida, aprendió a satisfacer sus deseos, mostrándose caprichosa, celosa e inquieta. De niña y de adolescente Julieta fue introvertida, callada y nada generosa, ya que tampoco tenía mucho por compartir, por otro lado no era sociable, se fue adueñando del papel de conciliadora y de solitaria. Su frase inventada, "El ser permanece estático y ecuánime… para que nadie le pase".

A Julieta le gustaba, por supuesto, agradar, pavonearse e impresionar, a medida que fue creciendo adquiría una maestría en esta materia. Por eso era tan sensible a su apariencia física y llevaba sobre todo vestimentas de buen gusto, como bolsos caros, zapatos finos y lujosa joyería.

Buscaba en su pareja el estatus social, y quizá la fortuna. Sin embargo, quería, ante todo, fundar una familia, ya que la vida sentimental era muy importante para ella, aun y cuando realmente nunca se había entregado al amor, al deseo, en una sola palabra: a los hombres; no sabía por qué le costaba tanto trabajo eso de culminar la relación en uno solo. La delicia de hacer el amor nunca fue su plato fuerte; sin embargo, ella fue encontrándose poco a poco con ella misma y con esos exquisitos momentos, donde se regalaba caprichitos dulces y tocadores.

Apreciaba tener un interior acogedor y también le agradaban las aventuras, los viajes y el cambio. Aun y cuando muchas veces prefería seguir igual.

El mundo la conocía con una apariencia como esta, donde en realidad ella no había pensado en el matrimonio, los hijos y una hermosa residencia. No, más bien ella había permanecido en silencio, en ese silencio que decía tantas verdades. Siendo la mayor de cinco hermanos, siempre guardó los recuerdos, los tabús, los mitos y los abrazos escondidos para ella sola.

De su vida sexual ni hablamos, realmente nunca sintió un enorme orgasmo, quizá su cuerpo experimentó un par de veces ese clímax. Y aun así, no importaba, eso no había sido algo que la tuviera amedrentada u ocupada con los psicólogos.

Lo más preciado para Julieta era su libertad, para pensar, caminar, escribir, opinar y, sobre todo, crear.

Su mente era la creadora de diferentes historias personales, que ella aterrizaba todas las noches, como si tuviera una personalidad múltiple y después de hacer tantas locuras, regresaba diciéndole a su corazón acelerado: «¡**Yo quise ser buena!**».

La pareja, la familia, los seres cercanos, eran solo eso: entes, protagonistas a una presencia física, porque normalmente Julieta estaba en otro parte del mundo.

Ella sabía que un día tomaría decisiones importantes en su vida, era imperativo salir del encierro y pelear su libertad, su sexualidad, su vida.

Aun no tenía la fuerza, confianza y tenacidad para derribar los fuertes vientos y levantarse de nuevo, como aquella palmera. Quizá por ello tenía en casa una innumerable cantidad de estos especímenes, para que le recordaran en todo momento que tenía que salir y superar todo lo que ella no había podido disfrutar. Enfrascada siempre en un montón de cartas, Julieta trasmitía línea tras línea todo aquello que no podía decir, ni hacer, hasta ese momento.

Finalmente Julieta decidió enviarle la tercera carta, aquella que tenía escrita su futuro, aquel futuro que era trascendente, para poder continuar y salir de ese hastió, de esa falta de des-balance.

Tercera carta:

Hoy me encontré con mi destino, tomé fuerzas y solicité me entregara las cuentas de mi vida. Él, asombrado, me pidió tiempo para explicar la confusión.

Con un tono de voz autoritaria le dije: «¿Creías que no te encontraría? ¿Qué hiciste con todos estos años? ¿Quién te dio autoridad, permiso, para marcar mis huellas en estas desoladas tierras? Yo soñé un día sonreír en todo momento, estar con una paz inquebrantable, controlar mis pensamientos, manejar mi vida con asombro, amar mi cuerpo con dulzura, despeinarme algunas veces con los besos de mi amante, amanecer con una gran sonrisa de satisfacción, comer un día sola en algún restaurante, coquetearle al de enfrente para activar mis hormonas, confiar más en Dios, despertarme tarde sin resaca solo por sentirme una niña nuevamente, creer más en los Santos y la Virgen, comer un helado de fresas, chocolate y vainilla, robar un beso pecaminoso y guardarlo por años, mirar el amanecer y dar las gracias, orar por el prójimo, amar mi trabajo, levantarme ilusionada, viajar a Italia, rezar diariamente el Padre Nuestro, conocer al hombre completo de mi vida no en pedazos, verme más delgada, acariciar la mascota del vecino, enviar mensajes optimistas, comer sanamente, vivir en abundancia, ilusionarme al verme al espejo, amar con todas mis fuerzas.

Y mírame, dónde dejaste todo ese proyecto, quién quito el...».

Lola

¡No te mereces eso!

El comité de su mente maravillosa estaba en sesión extraordinaria. Tantas voces la aturdían y la ponían en desequilibrio. ¿Qué le estaba sucediendo?, había perdido el control de su vida, el ego la había violado una y otra vez, se sentía ultrajada.

Ese ego infernal, el cual regresó de alguna forma y ella le había abierto la puerta.

La invitaron a un círculo de lectura, y ella, apasionada de los libros, lo tomó demasiado en serio. Cuando asistió a ese encuentro decretó que sería parte de ese momento.

Y así fue, no solo asistió a esa reunión, sino que le pidieron que participara más activamente. Inicialmente cautivó al presidente de la asociación, posteriormente fue asistiendo a determinados eventos donde su presencia "parecía" importante.

Lola, embelesada, continuaba su camino creando y pensando que la mejor oportunidad había hecho gala de su presencia.

Por varios meses trabajó arduamente en compartir sus experiencias en esos grupos de personas contaminadas por su psique necesitada de reconocimiento, que por supuesto no tenían que ver con la esencia de su alma y personalidad. No obstante, el mundo era eso, así era como ella pensaba para tranquilizar a su comité interno, el mundo está lleno de diferentes matices, solía decirse; por lo que no le dio importancia y continuaba asilada en esa pasión por encontrar eso que anhelaba, por sentirse en pertenencia de "algo": un grupo, un círculo, lo que fuera.

Después de varios meses de trabajo extenuante, se percató que algo con el presidente de la asociación no hacía del todo clic con lo que ella había esperado, no le dio importancia y continuó hilando historias en su mente.

Y sí, efectivamente, todo lo que estaba creando su mente se estaba plasmando. Sin embargo, por alguna razón su mente se trasquiversó e inició la tortura; por alguna extraña razón, lo que Lola no quería empezó a sucederle.

Quería participar en diferentes conferencias, pero a la vez no quería que hubiera personas asistiendo al evento, quería trabajar más cerca en la asociación y así se preparaba y luego, por alguna razón, ya no le hablaban. No sabía qué pasaba, estaba ya enrolada en una vida de decretos al revés.

El poder de sí misma, y sobre todo su autoestima, estaban por los suelos, el presidente con toda la experiencia le hablaba cuando quería, su participación y trabajo habían sido arduos, sin ningún goce de nada, porque ni siquiera eso, no disfrutaba, no gozaba; entonces qué carajos hacia ahí, metida en ese laberinto.

La realidad era que Lola no estaba trabajando en ella, su enfoque en la carencia y en la idolatría de todos sus egos faltantes de algo, la había convertido en una mujer insegura, esperanzada en el devenir, porque su porvenir no era nada agradable, era la mujer en el punto cero.

La maldita desconfianza la tomó como su puta amante y se apoderó de ella, estaba poseída por todo un torbellino de dudas, inseguridades y miedos; se menospreciaba y, lo peor: se lo estaba creyendo.

Necesitaba urgente regresar, recobrar su poder, su confianza, su autoestima.

Afortunadamente recordó que tenía una persona que la haría tocar fondo, respirar profundo y salir a flote. Así lo hizo, e inició de nuevo su búsqueda, se había perdido entre tanta mierda en su cabeza, había olvidado hacer las limpias, liberar escombros de memorias mediocres y fracasadas, hacer sus tratamientos, en fin. Así que un día comenzó a canalizar utilizando la escritura y así asumir responsabilidad, y fue como llamó a su comité interno a una sesión inmediata y le dijo:

Hey, tú, inconsciente: He decidido regresar, agradezco infinitamente tu participación en esta mi vida y con el poder de mis palabras te derribo y ordeno te largues y regreses al fondo de la tierra: la nada, Y ahora, con un inconsciente nuevo, mi poder interior habita aquí, tengo el control de todo lo que soy y pienso, estoy libre de limitaciones, me abro a todas las posibilidades, dejo de dirigir la mano de Dios y me siento a su lado, para que Él componga, arregle, quite y ponga la manifestación plena a mi vida, sin importar mis defectos, carencias y deformaciones.

Soy lo mejor que me ha pasado, con el empoderamiento de nuevo en mi vida, te doy las gracias por haberme asistido para sentirme tan desgraciada, pero ahora tomo un rumbo diferente. Te libero y cancelo esta postura enferma de dependencia que ha permitido que otros me usen, abusen y violen mis derechos humanos. Lo siento, perdóname, y muchas gracias por este aprendizaje.

Lola

En ese preciso instante el teléfono timbró y Lola, guapísima y sensual, contestó la llamada, tenía muchas cosas que hacer, había empezado a sentirse diferente.

Dolores era una mujer tímida, desconfiada, un tanto secreta, no se sentía muy cómoda en sociedad, de adolescente no era muy adaptable, poseía un discreto encanto, y cuando estaba en confianza y en armonía, podía dar mucho más de sí misma.

Natural, simple, sólida en sus sentimientos, necesitaba pruebas para sentirse segura. Su actitud era directa y franca, aunque a veces le faltaba espontaneidad o flexibilidad, su evolución era más bien lenta, ya que en el caminar del tiempo este le cobró algunos errores del pasado, donde algunas veces ella hizo el papel de inocente, ingenua o tonta, jugando el rol de: "Yo no sabía, simplemente: «¡**Yo quise ser buena!**»".

Su vida exterior era más rica que su vida interior, lo que implicaba estar a toda costa trabajando constantemente para su sanación interna, por eso inició una serie de meditaciones, reflexiones intelectuales, espirituales e internándose en la metafísica o, como ella aprendió, "el arte de ser feliz".

Bañada por un medio artístico, que fue negado y cancelado en su infancia por su madre, se preocupaba por agradar y ser amada. Sin embargo, habiendo sido negada también en su creación, las dudas la mataban lentamente, atrayendo recuerdos que permanecieron desde el seno maternal hasta su edad adulta, así fue como creo murallas de no asistencia y no sufrimiento; porque bien había aprendido que el dolor era real, pero el sufrimiento era mental, sí, era una masturbación mental, ese no existía.

Las personas que la conocían podían confiar en ella con los ojos cerrados. Sin embargo, ella no podía cerrar los ojos para nadie, porque podrían quebrarle la existencia de nuevo. Por eso no entendía su comportamiento absurdo a esa toxica relación de dependencia por la aprobación del presidente de la asociación, qué hilos la movían a seguir así, como drogada, en esa relación enferma de maltrato y violencia emocional.

Su forma particular de ver la vida un tanto diferente, pudo perturbarla, e incluso bloquearla en sus primeros años; sin embargo, ella optó de alguna forma por permanecer con una educación liberal y abierta a la comunicación, aun y cuando en su casa, siendo niña, nunca, nunca pudo expresar lo que sentía.

A Lola le gustaba la intimidad y la estabilidad familiar. Soñaba con una casa en la playa o en un lugar retirado, donde pudiera vivir tranquila, sobre todo porque no le temía a la soledad.

Su vida sentimental era, más bien complicada. A menudo se sentía incomprendida, pero no hacía nada para que la comprendieran; es más, a veces se encontraba en situaciones poco clásicas y ella trataba de aparentar el "todo está bien" o simplemente tomaba la actitud masculina: "no pasa nada".

Dolores pasaba el tiempo disgustándose por todo, era la principal provocadora de malos entendidos, confusiones y siempre ganadora de la medalla de los enojos. Claro, no era feliz, y tampoco fuerte, porque aún seguía en el mismo sitio y con la misma persona, desde hacía más de veinte años. Sin embargo, tenía la esperanza de un día lograr salirse de eso que la mantenía ahí, la realidad, la dependencia acostumbrada.

Siguió trabajando en eso que llamaba retomar su poder, liberando el pasado, aprendiendo de dónde provenía ese estado de no perdón, amando su cuerpo así como era, abrazando a su niña interior, trabajando las culpas, escuchándose a sí misma, observando constantemente a su comité interno y examinando sus pensamientos para decidirse a "renovar su mente".

Finalmente, un buen y bendito día, en su nueva etapa laboral, Dolores salió del vehículo un poco tímida quizás, pero a la vez con gran certeza de que estaba cerca de un nuevo encuentro con lo que había sido y con un poco de desconfianza por retomar su vida profesional a cuestas; llegó al establecimiento del Sr. Vidal; abrió la puerta negra de madera y muy guapa y decidida le preguntó cuándo le podría dar una cita. Cuán grande sería su sorpresa cuando él le contestó:

—Si me espera unos minutos, podríamos charlar de una vez.

Con una sonrisa socarrona y una mirada en el ventanal donde se veía a cuerpo completo, Lola exclamó a su reflejo: «¡Qué alegría verte de nuevo, preciosa!».

En ese instante, como arte de magia, un borrador empezó a eliminar aquellos tristes recuerdos de pertenecer, de participar, de querer arrebatar un puesto, un nombre, un saludo.

Con un poco de compasión a sus adentros se acordó cuando había llegado con aquel presidente de la asociación y justo ahí se dio cuenta que ella había sido la que había provocado su propia destrucción y desolación por un tiempo, al no haber tomado decisiones contundentes, precisas y oportunas.

Al salir de la entrevista con el Sr. Vidal, subió a su auto Infinity rojo, se puso sus lentes negros de marca que la hacían lucir sensual y dispuesta, sí, muy dispuesta. Se observó a sí misma, y así vio a Dolores salir del auto y a Lola que iba llegando a su cuerpo de nuevo.

—¡Bienvenida cariño! —exclamó Lola con una sonrisa en su boca color pink mate, viendo el espejo retrovisor.

Y en ese instante el…

Paula

Llegó a la fiesta de disfraces encantadora, su disfraz hacía gala de su creatividad, se veía realmente linda, en una sola frase: sorprendió gratamente a todos los invitados.

Una falda cortita, una blusa con los hombros descubiertos, el cabello recogido y unas medias negras de encaje hicieron que alguno que otro volteara al verla bailar.

Al día siguiente, frente a la barra de un bar conocido como el Lingote Azul, platicaba contenta con Doris acerca de cómo había escogido su disfraz.

Esa mañana habían decidido pasar la tarde lluviosa en su restaurante favorito.

Después de pedir algunas margaritas y por supuesto la cena, empezaron con la gama de recuerdos de la infancia, la familia, los primos, los novios de todo el país.

Las dos eran divorciadas, una con más experiencia que la otra, o la otra sin tanto bagaje que la una. Según ellas, habían ido a platicar; sin embargo, el segundo objetivo escondido de ambas lo habían reservado, en realidad querían experiencias nuevas, diferentes, emocionantes, y quizá hasta únicas, como únicas ellas se creían.

Doris le comentó que el hombre "mayor" de la mesa de enfrente la estaba observando. Por supuesto Paula le dijo:

—Pero Doris, si es un viejo; que te mire todo lo que quiera, no sirve para nada —exclamó dando un sorbo a la margarita escarchada con chile y limón.

La conversación siguió alcanzando diversos temas, tiempos, personas. De pronto dos individuos del sexo masculino se sentaron al lado de Doris, ellas se miraron a los ojos y pensaron lo mismo, mas no lo dijeron públicamente. Para la sorpresa de ambas, los tipos eran uno para el otro, es decir, del otro bando, *gays*, así que por supuesto el plan privado de cada una había fracasado nuevamente.

De repente el "viejo", según Paula, les hizo una pregunta y luego otra y así fue como de repente, este tipo o mejor dicho el "viejo" delgado y no muy alto con sesenta y tres años encima, empezó a charlar de diversos temas con las dos.

El famoso ejemplar estaba acompañado por un amigo que era muy decente y al cual no se le veía por ningún lado la mismísima lujuria, así que como un destello de luz, en un dos por tres ya eran cuatro conversando.

Doris se sentía halagada porque el famoso "viejo" según ella le sonreía y le decía todo sin decir nada; es más, le estaba gustando. ¡Dos margaritas y tres martinis hacían que todo el mundo se viera guapo!

Paula le comentaba que no valía la pena.

—Es un pobre imbécil, Doris por favor —le susurraba.

De repente, cuando el famoso viejo platicó sobre su puesto, lo que hacía, y que trabajaba en un negocio multimillonario, dirigiendo un corporativo de empresas transnacionales y entregándoles su tarjeta de presentación; como por arte de magia, Paula lo vio encantador.

Y el coqueteo fue descarado, al grado que el tipo empezaba a tocar con su pierna la pierna de Paula, ella mañosa, le empezaba a dar entrada al deseo, a su propio deseo, porque como ella decía: «A los hombres hay que tratarlos como ellos piensan». Así que ella lo que quería era echarse al plato aquel "lingote", no azul como el restaurante, sino el lingote grande, pero al fin y al cabo lingote.

Al salir del lugar, Doris le preguntó a Paula dónde estaba el auto, no obtuvo respuesta pues las bocas del viejo lingote y de Paula ya estaban tocando más allá de la blusa y el pantalón.

Doris se fue a casa.

Al día siguiente sonó el teléfono.

—Hola querida, ¿cómo te fue ayer? —le preguntó irónicamente Paula a Doris.

—Bien, ¿a ti cómo te fue? —contestó Doris.

—Hasta hoy lo sabré, este viejo me dijo que…—
Y en ese instante el teléfono de Doris se quedó sin
batería.

Paula siempre fue abierta y comunicativa, era una
mujer seductora y cautivante, preocupada por su imagen y las marcas, sobre todo las finas y más llamati-
vas. Esto se manifestaba exteriormente, por su apariencia y sus vestimentas, a menudo poco originales.
Su necesidad de agradar y de ser amada era importante y con frecuencia se traducía en un espíritu de conci-
liación.

Paula podría transformarse en una mujer responsable, apta a tomar y a asumir responsabilidades, fa-
miliares o profesionales. Amante de los ideales, se
afligía cuando tomaba conciencia de que no podía ser
perfecta en todo, así que terminó por ser una persona
que no le importaba nada en realidad, más que sentirse
bien ella misma, a costa de lo que fuera.

Y luego, sola en su cama con un cúmulo de recuerdos y un pijama que cubría todo, decía abrazando
una muñeca de trapo: «¡**Yo quise ser buena!**».

Paula amaba la libertad, la independencia, lo des-
conocido y la novedad. Le gustaban los viajes y los
cambios, era enemiga de los compromisos y la rutina.
También le gustaba que las cosas fueran rápido y se
mostraba impaciente, incluso un poco tenaz, frente a
cualquier obstáculo. Le resultaba difícil elegir pareja.
Por eso ella estaba siempre en aventuras amorosas de
una noche como máximo, su único matrimonio le había durado no más de cincuenta y ocho días.

A mediodía Paula estaba en una cita de trabajo, cansada y un poco aburrida, sin embargo el ego y sexo bien satisfechos.

Como dos grandes amigas en busca de la nada y del todo no terminaron su conversación, pero no importaba, cada una había conseguido esa noche loca lo que sus mentes y cuerpos, también bastantes locos, querían hacer.

Paula placer; y Doris, una noche de poco placer, pero mucha expectativa, saliendo días después a cenar con su viejo amigo, el no lujurioso, a cerrar un gran negocio.

Paula siguió trabajando como siempre y como "loca" teniendo más noches de encuentros con lingotes de todo tipo menos de oro; sin embargo, ese encuentro le había dejado algo más que solo placer, porque al despertarse Paula se dio cuenta que …

Hoy yo decido

He pasado tanto tiempo esperando este encuentro, que la emoción me hace ruborizarme, solo faltaban horas para por fin estar ahí.

Cuando por la tarde conducía mi auto hacia ese sitio; un centenar de recuerdos se agolpaban en mi interior pasando como saetas por mi mente. ¿Cómo es que me decidí? ¿Cómo es que no dude? Finalmente estacioné el auto y pensé, ¿entraré o no? Son las 8:45 de la noche, apago el auto y observo que hay poca gente en el interior del lugar, en realidad solo hay dos mesas con personas; bueno, eso ya es un alivio. Siento cómo el calor me empieza a dejar pequeñas marcas de sudor que me dicen a gritos: «Bájate, qué estás esperando».

Tomo mi cartera, una libreta de notas y termino el resto de agua que tengo en una botella. Salgo del auto y sigo pensando si entrar o no. Me decido y camino hacia la puerta del restaurante, y entonces, como una buena cómplice y aliada, la serenidad vestida de osadía se apodera de mí, me incita a continuar, escucho su suave aliento decirme: «¡Sigue adelante, esta es tu noche!».

Al abrir la puerta del lugar me doy cuenta que la luz es tenue, me asignan una mesa y pido me den otra, hoy yo decido.

Casi al mismo tiempo que yo está llegando, toma su lugar en mi mesa y me dice gratamente muy cerca: «Creí que te había perdido. Te estaba esperando, ¿hace cuánto tiempo que no conversamos?, tenía rato que no te sentía tan cerca. ¿Dónde habías estado? ¿Qué estás haciendo ahora?, no me dejes tanto tiempo en el olvido, siempre estoy contigo».

Wow, me doy cuenta que es verdad, que hace tiempo no habíamos platicado, que quizá ni siquiera había preguntado si se sentía bien o no, se me había olvidado su sentido del humor, su sensual aroma, su sonrisa sin máscara, su chispa y quizá también ni siquiera me había dado cuenta de mí misma.

En ese momento una persona se acerca y me pregunta: «¿Qué se ordenará?». Sonrío y digo: «Una copa de vino tinto cabernet, una exquisita ensalada de la casa y mi pizza favorita, esa que se sirve con ingredientes diferentes y exóticos»; la cual no todo mundo resiste, pero como te dije: Hoy yo decido.

Poco a poco siento cómo la nostalgia de mí misma, de lo que era y de lo que ahora soy, me permite apreciar y regalarme estos, sí, estos momentos para estar conmigo y mi Soledad.

Cómo ha cambiado la vida, alguna o muchas veces pensé que el estar comiendo sola en un restaurante no tenía cabida en mi forma de pensar, afortunadamente, la gente cambia y yo también. Hoy, con más aplomo, control y responsabilidad de todo lo que soy, me permito disfrutar mi Soledad, llegando a la siguiente conclusión, "cuando todo se aleja de ti, es que te has quedado SOLO, cuando tú te alejas de todo, es que estas en Soledad".

Y es ahí cuando te das cuenta que ese instante es el único momento que existe, y que está en ti qué hacer con él.

Y luego entonces reconoces que el verdadero éxito consiste en descubrir quién eres, en lugar de calcular qué serás.

Con el tiempo he descubierto que la soledad no es el silencio, es el reencuentro contigo mismo, no es tristeza, es motivo de reflexión y más allá de eso, es disfrutarte plenamente, gozando cada poro de tu cuerpo así, así como es realmente.

Por qué no te tomas un tiempo para deleitarte con tu Soledad, disfrutar como nunca todo aquello que eres, que te pertenece y te hace totalmente un ser único, y que muchas veces lo olvidamos con la rutina y cotidianidad de la vida.

Sí, muchas veces se me ha olvidado cómo soy de verdad, te diré que tengo unas lindas rodillas muy redondas, que mi cabello es hermoso así al natural, que mis ojos son negros, más lindos que dos canicas, que tengo un particular muy buen sentido del humor, que me gusta bailar y que sé bailar, que mi cutis sigue joven a pesar de mis cuarenta y tantos, que tengo pretendientes platónicos, que me encantaría casarme otra vez y disfrutar mi momento, que puedo motivar a una tristeza cristalizada... que realmente me gusto como soy.

Porque con el trajín de la vida me enfrasqué en una lucha por ser mejor en lugar de ser lo que soy, en ser más brillante en lugar de hacer lo que sé, en tener más en lugar de disfrutar, en buscar un trabajo en lugar de hacer lo que me apasiona, en generar ingresos en lugar de dar lo que tengo, en satisfacer el qué dirán, en lugar de ser compasiva conmigo, en buscar a alguien, en lugar de apreciarme a mí misma...todo porque **«¡Yo quise ser buena!»** aun y cuando una parte de mi...

Un nuevo comienzo

"No vayas mirando fuera de ti, entra en ti mismo, porque la verdad habita en el interior del hombre"

—*San Agustín Hipona*

Las piedras se dejan acariciar a lo largo del cauce por el río que fluye. De la misma forma, así de obvio y sutil, cuando una vida se vive desde adentro, con confianza, tenacidad, serenidad y equilibrio, uno aprende a rodear los obstáculos sin tener que apretarse completamente y dar permiso a las resistencias.

«¡Yo quise ser buena!». Todas eran buenas, fueron creadas de esta forma. Con el paso del tiempo y de todo lo que cada una absorbió en su cauce, en el río, se fueron transformando en seres con dudas, desconfiadas, quebrantadas, sin mostrar el rostro natural, buscando a toda costa cómo justificarse.

Conforme vas caminando en la distancia y tomas de la mano el trayecto recorrido, te das cuenta que no hay un lugar más seguro que tu propio ser, que no existe compás más exacto cuando tu alma está sedienta de ti, que no hay espacio vacío en tu corazón cuando este está a punto de extinguirse.

Por eso la mente humana se cobija con todo lo que el subconsciente le ha regalado a través de su existencia y, esta mente obediente, sigue los lineamientos y reglas de los antepasados, ancestros, "maestros". Y estos, sin ser buenos o malos, están ahí, erosionando los átomos de nuestros cuerpos consagrados a la armonía, a la paz, a un total Bienestar. Llegada la hora, seguimos muchas veces practicando esos patrones aprendidos que creemos son parte de nuestra leyenda, en lugar de seguir el llamado de nuestra alma fraterna.

Cada día tenemos la opción de aprender a ser diferentes. Sin embargo, muchas veces uno bloquea este crecimiento por los temores; temores que están escondidos en aprendizajes obsoletos que no hemos podido liberar o transmutar hacia nuestro bien común y que nos condenan pesadamente a continuar viviendo así, como hasta ahora vivimos.

Cuando era niña actuaba así, ahora adulta sigo igual. ¿Por qué? Porque mi instinto se siente ofendido, herido y muchas veces humillado, lo hago indigno al no permitir que su voz suave destile el amor y compasión sobre mi propio ser, luego entonces continúo girando en el mismo lugar sin avanzar.

Las experiencias de nuestra infancia se han grabado como improntas en nuestra psique e influyen de forma poderosa en nuestra vida cotidiana, dando forma a nuestras creencias y actitudes, condicionando nuestro presente.

Para poder enfrentar estas experiencias negativas, tenemos que aceptar plenamente la responsabilidad de afrontarlas. A veces no parece sencillo, pero lo tenemos que hacer, estas ideas se encuentran en lugares profundos en nuestra mente que nos pueden acompañar no solo en esta vida sino quizá hasta en otras. La salida: enfrentarlas lo antes posible. No ignorarlas para evitar que nos quiten lo mejor de nosotros. Abrázalas, sánalas y así se podrán ir.

Si lográramos comprender compasivamente que este instante es el único momento que existe, podríamos realmente conocer de qué estamos hechos y que eso que creemos somos, va más allá de lo que nuestros ojos pueden estar viendo. El querer controlar las circunstancias externas y maquillarlas a nuestro antojo para presentar una "vida auténtica", nos cansa y debilita energéticamente.

«¡Yo quise ser buena!». Muchas veces actuamos sin un propósito negativo, simplemente actuamos porque nuestro corazón nos lo pide de mil formas, y aun así no lo entendemos.

Y suele pasar que estamos solos en el mundo y deseamos compartir con alguien más nuestros pensamientos, sonrisas y una que otra duda. Luego, al estar con alguien, realmente no estamos, porque nos aterra ser parte del otro, o porque nos dimos cuenta que ya no sentimos; es más, que nunca sentimos ese cántico armonioso de algo que nos unía; y es aquí donde llega la desnuda realidad y nos hace presa de la culpa.

Cuando no nos sentimos completos y contentos, entonces nos disfrazamos con pretextos, culpando al exterior; y es así como pasamos nuestras vidas, devaluando el momento presente.

¿Por qué sigo aquí? ¿Por qué no me siento feliz? Y entonces me acuerdo y digo de nuevo: «**¡Yo quise ser buena!**». Yo creí que todo lo que me decían era verdad, era cierto, era vida y no, la utopía llega a mí y me abraza de repente diciendo: ¡Despierta!

«¡Yo quise ser buena!».

Me he preguntado por qué la misma rutina y las mismas personas. La respuesta es clara; sin embargo, cautivos y mansos con nuestros velos nos dejamos vencer por las preguntas que no queremos responder. Y es ahí justo donde no nos sentimos bien, porque nos hace falta "decidir"

Qué pasará si dejo de hacer lo que hago para los demás y me atrevo a moverme hacia adentro de mí.

Qué pasará si en lugar de hablar para ver cómo te encuentras, me permito sentirme como estoy justo ahora.

Qué pasará si dejo de creer que todo es importante y me centro en lo que necesito.

Qué pasará si en lugar de conseguir ese puesto que no deseo, aprovecho mis habilidades y hago eso que me apasiona.

Qué pasará si en lugar de preguntar cuándo nos vemos, me limito a estar hoy, ahorita, conmigo.

Y sigo queriendo ser buena, en lugar de querer ser lo que soy, lo que mi esencia y alma están clamando, olvido que el milagro de la perfección y armonía es el instante más íntimo cuando te apoyas con Amor, pensando cien por ciento que todas las células de tu cuerpo físico y espiritual han producido lo mejor que hoy tienes: ¡Este momento!

A lo largo de la vida creamos miles de fantasías, que llegada la hora es inminente dejar, abandonar, soltar, para entonces ser buenas con uno mismo.

A través de cada paso recorrido, mi corazón me permitió participar y ser ese impulso emocional, irrefrenable, de buscar alegría a través del estímulo que nos retribuyen los seres y los objetos con los cuales nos relacionamos.

La realidad es que la esencia del ser humano, no proviene de otros, esta realidad es espiritual, es intangible, invisible, no se puede ver ni tocar, pero se expresa a través de los cinco sentidos físicos, a través de aquello para lo que hemos nacido.

Nuestro corazón original es igual al corazón de nuestra Divinidad. Esa es la habitación del alma, lo más profundo de la naturaleza humana, y es por eso, que esa Divinidad nos creó con ese deseo, para que seamos como Él:

¡Porque Él vio que era Bueno!

Cuando nos molesta alguna persona o hasta llegamos a odiarla, odiamos en su imagen algo que se encuentra en nosotros mismos. Lo que no está dentro de nosotros mismos no nos inquieta, no existe. Las cosas que vemos son las mismas cosas que llevamos impregnadas.

"No hay más realidad que la que tenemos dentro. Por eso la mayoría de los seres humanos viven tan irrealmente, porque creen que las imágenes exteriores son la realidad", gran sabiduría de Hermann Hesse.

Si bien somos todos iguales y hechos a imagen y semejanza; emocional e intelectualmente somos diferentes, y en nuestra forma de actuar también tenemos nuestras particularidades, cada individuo tiene su emoción, intelecto y voluntad exclusiva.

La personalidad de cada ser humano es ese conjunto de características que definen a la persona, mostrando el cúmulo de pensamientos, sentimientos, actitudes, hábitos y la conducta de cada individuo, creando esa "única personalidad". Ahora bien la noticia es que la mayoría seguimos algunos acondicionamientos de otros y es así como uno se acomoda a las personalidades del "mundo real", pero eso es muy subjetivo, porque ¿qué es el mundo real?, ¿en verdad existe ese mundo o uno ha creado esa realidad? Y es aquí donde recuerdo una de las cinco leyes cósmicas:

"Si algo me afecta, es porque yo lo estoy proyectando". (1)

Sabiduría inquebrantable.

Lo más maravilloso es que eres un ser único e irrepetible que solo necesita amor y dar amor. La composición del ser que eres según los patrones psicológicos procede de diferentes fuentes que son integradas de tal forma para que seas así, Único: la primera fuente constituye tu alma más elevada, la segunda es todo lo que tiene que ver con tu padre, la tercera todo lo que tiene que ver con tu madre, la cuarta procede de tu estadía en el vientre materno, la quinta tiene que ver con la crianza que recibiste, la sexta es tu entorno, y la séptima tiene que ver con el día en que naciste y lo que está sucediendo en el planeta.

Y aun sabiendo todo esto, las máscaras que cargamos suelen ser más de dos, y las usamos de acuerdo a nuestro libre albedrío, sabiendo que hay una para cada "persona" que habita nuestro cuerpo, participando activamente en nuestro dramaturgo mundo.

Y así, cada uno con sus caretas se siente bueno, noble, respetuoso, sereno, estable, en pocas palabras: feliz; considerando la aprobación de los demás a través de las vivencias de nuestro ambiente, que influenciado por el comportamiento y actitud no nos importa saber de religiones, culturas y costumbres. Es más, compartimos conflictos de lucha por la sobrevivencia con nosotros mismos, y a toda costa tratamos de evitar que el "otro" se dé cuenta.

Cada mujer que conociste en estos pequeños fragmentos, quiso tocar una de esas facetas e imprimir con su alma una leyenda diferente, quiso caminar en alguna parte de la acera de enfrente, atravesar peligros, sentirse poderosa, liberarse del dolor y quizá tomar otro camino, llevando a cabo acciones para satisfacer sus necesidades en su medio físico y social, necesidades alimentadas suave pero a la vez profunda e intensamente por el ego y su pasado, mas no por su esencia, esa parte espiritual que siempre permanece en nosotros eternamente y que en ocasiones es inminente penetrar en ella para existir de nuevo.

¿Eres una persona sana o quieres seguir siendo buena?, pregunta difícil o fácil de responder, porque si sentiste una mínima identificación o conexión con alguno de estos personajes, entonces tendrás que estar atento, esto significa que existe algo en ti que necesitas conocer para liberar y así colmarlo con amor sanador. De lo contrario, estarás arrebatándote el derecho permitido a elevarte, seguir adelante y subir el siguiente escalón, para así llegar a la cima. Recuerda la siguiente ley cósmica:

"Todo lo que siento, lo siento yo". (2)

El conocerte, ser compasivo contigo mismo, escuchar tu voz interna, abrazar la gratitud y abrigarte con la bendición de tu Divinidad te gratificará y depositará en la senda más conveniente para alcanzar realmente La Plenitud; y entonces comprenderás que sí eres buena. Descubriendo la siguiente ley cósmica:

"Todo lo que hago, lo hago por mí". (3)

Las leyes sanadoras y benéficas están siendo alineadas por el amor, la fe, la esperanza, la luz, la iluminación, la energía y la fuerza, características que solo podrás adquirir al reconocer tus patrones internos repetitivos que te hacen insistir en tu vida momentos muy semejantes y recurrentes, que al ser tan constantes, requieren un trato especial para su sanación, brindando atención a lo que somos: **seres humanos buenos**, porque más allá de ser hombres o mujeres en cuerpos distintos, somos entes elevados que necesitan amar y saberse amados, porque fuimos creados para ello.

«¡Yo quise ser buena!», y ellas también. Lo que no saben, y lo que yo no sabía tampoco, es que ellas y yo siempre fuimos buenas, ese es nuestro linaje.

El peligro reside en el Olvido de quiénes somos y qué tipo de sentimientos hemos venido experimentando como consecuencia del bagaje aprendido como hombres y mujeres, y no como seres humanos hechos para compartir y expandirnos. Todo este viaje, insisto, ha sido programado y deseado por nuestra esencia Divina.

Pero al final, sin excepción, todo se resume en una sola cosa: somos nosotros mismos y las creencias que tenemos lo que nos detiene. El reto entonces es reestructurar nuestra mente, enfrentar lo aprendido, eliminar los pensamientos repetitivos, caóticos, y las limitaciones cristalizadas enfermas de nosotros mismos y de nuestra forma de pensar

Por alguna razón en los últimos años me he dedicado a estudiar, leer y participar en todo lo que ayude a un desarrollo personal, a un crecimiento interior y a un conocimiento espiritual, abrir esta puerta fue y ha sido un verdadero bálsamo a todas esas heridas erosionadas en mi vida, impregnadas de culpas absurdas y grises, conceptos devaluados sobre mi persona en diferentes momentos de crisis.

El querer ser buena, y seguir haciendo cosas que en lugar de regalarme paz me han sumergido en diferentes paradigmas problemáticos de pensamiento negativo y reincidentes que no me han llevado a ninguna solución, sino simplemente me han paralizado en el mismo sitio, para no participar en el movimiento, incapacitándome y no permitiéndome mantenerme enfocada en lo que realmente anhelo con todo mi corazón, mente y alma, me ha restado fuerzas; para sanar aquello que me hacía morir lentamente estando viva.

Una ley cósmica más:

"Todo lo que percibo, lo creo yo". (4)

Con toda esta gama de conceptos, lo que quiero compartir contigo es que todo lo que tú ves en tu exterior emana de tu interior y si no cambias por dentro será imposible observar un cambio allá afuera. Querer ser buena es un tema conceptual que lo único que nos indica es que somos seres tratando de solucionar el exterior, queriéndonos comportar "bien". No obstante, si por dentro no estás en paz, serena y contenta, todo lo que emanes no tendrá sentido y será una contradicción, una fantasía.

Y muchas veces eso es tu vida, por ello es apremiante y urgente reconocer que hay tiempos donde el mantener este tipo de metáforas te cuesta demasiado.

Cada ser humano ha hilado historias que tienen que ver en alguna circunstancia, momento o episodio de su vida con este tipo de protagonistas, y esa parte es la más interesante, porque el crear o imaginar el desenlace para alguna de ellas, será el inicio del guion de tu vida misma. Es decir, hoy estás descubriendo algo más sobre tu comportamiento y desempeño aquí en la Tierra, observa sus características, cómo fueron en su infancia y cómo están viviendo actualmente, la corrección es una habilidad de los seres brillantes, que no tiene nada que ver con lo que crees que eres, ¡porque quizá tú también quisiste o sigues queriendo ser Buena!

La continuidad de la historia de estos personajes, es tu posesión, tú lo determinarás o imaginarás, marcando en definitiva la actitud con que estás o no viviendo libremente en este universo. Recuerda: no puedes escapar de esta existencia, a menos que cambies las pautas y patrones enfermos o erróneos que laceran tu mundo "real".

Pon tu corazón un momento en silencio y quietud para escuchar el murmullo hacia el próximo encuentro más extenso sobre estos trece seres humanos, que aun y cuando conocen la serenidad impresa en estas líneas, la turbulencia de sus vidas y la crisis caótica cotidiana podría estar todavía en sus manos y, por supuesto, en tu mente.

No permitas que otro decida por ti, descubre y encuentra lo que tu SER está creando cada momento, para que en este instante y con una gran sorpresa te asombres completamente de lo que eres capaz y así te abandones por completo y realmente: a quién Eres Tú.

Y así aprendí la ley cósmica más importante y primera que debo comprender:

"A la única persona en el mundo a quien puedo cambiar es a mí mismo". (5)

"Entonces; apareciste en mi mente, con tu usual sonrisa de satisfacción, produciendo un escalofrío que se me antojaba similar a tus caricias y de nuevo ahí estaba ese ligero sentimiento de aversión que me producía tu recuerdo y entonces yo anhelaba, yo deseaba, y así me di cuenta que... **¡Ya no quise ser buena!***".*

En este instante reconozco que soy un ser amoroso, creado a imagen y semejanza de mi Divinidad. Que he venido a este mundo a disfrutar de todo lo bueno que mi Padre ha creado para mí, porque Él vio que todo esto es bueno: mi salud, mi riqueza, mi éxito, mi alegría, mi juventud, mi inocencia, mi total plenitud, siempre en armonía con todo el mundo y bajo la gracia y voluntad perfectas.
Gracias Padre, que me has oído.

Con infinita gratitud,
reconozco que soy un punto luminoso
de la presencia de Dios,
Si miro al cielo ahí está Él,
Si cierro mis ojos ahí está Él,
Soy en Él: mi contenido y eso me basta.
¡Gracias Padre por todo esto!

BIBLIOGRAFÍA

Cueli, J; Reidl, L; Martí, C; Lartigue, T; Michaca, P. (1990) Teorías de la Personalidad. Editorial Trillas.

Cloningher, S. Ortiz, M. (2003) Teorías de la Personalidad. Editorial Pearson Educación.

Jose Maria Doria, Inteligencia del Alma

http://personalidadenduelo.wordpress.com/discusion-teorica/sobre-personalidad/definicion-de-personalidad/